QUANTAS VIDAS CABEM EM MIM?

Quantas vidas cabem em mim?

DEISE WARKEN

Copyright © 2023 Deise Warken
Quantas vidas cabem em mim? © Editora Reformatório

Editor
Marcelo Nocelli

Revisão
Marcelo Nocelli
Natália Souza

Imagem de capa
Gustavo Berg

Design e editoração eletrônica
Negrito Produção Editorial

Dados Internacionais de Catalogação na Publicação (CIP)
Bibliotecária Juliana Farias Motta (CRB 7/5880)

Warken, Deise
    Quantas vidas cabem em mim? / Deise Warken. – São Paulo:
Reformatório, 2023.
    224 p.: 14 x 21 cm

    ISBN 978-65-88091-81-4

    1. Romance brasileiro. 1. Título.

W277q   CDD B869.3

Índices para catálogo sistemático:
1. Romance brasileiro

Todos os direitos desta edição reservados à:

EDITORA REFORMATÓRIO
www.reformatorio.com.br

*"Há dez mil modos de ocupar-se da vida
e de pertencer à sua época."*

Antonin Artaud

Prólogo

Helena não é uma mulher do seu tempo. Ao menos assim a reconheço. Não se casou. Não engravidou no tempo "certo" e circunstância "adequada". Não desdobrou-se na dupla jornada de trabalho a que foram submetidas as balzaquianas da sua geração. Foram outras as suas jornadas. Não tem cabelos brancos. Eles até tentaram aparecer quando fez trinta anos, um dia me confidenciou. Quando avistou os dois riscos prateados reluzindo no alto da cabeça, tratou logo de arrancá-los, sem qualquer piedade. Olhando determinada para os fios sem cor pressionados entre os dedos, ordenou que não se atrevessem a aparecer de novo. Aos noventa anos, minha avó Helena ostenta orgulhosa seus longos cachos castanhos. Helena se diverte com a curiosidade das pessoas em entender a permanência da cor em seus cabelos.

Há quem diga que o fenômeno se deve ao fato de ela não ter se casado. Meu pai atribui ao yoga e aos chás, preparados com ervas de difícil pronúncia, tomados madrugada afora ao som de tambores. Minha mãe fala que é fruto das temporadas em que minha avó passa isolada, em jejum, no alto de uma montanha, protegida por árvores gigantes, acompanhada de pássaros coloridos e borboletas felizes. A ausência de cabelos brancos não é de família, minha mãe com seus quarenta e cinco anos, exibe com

Quantas vidas cabem em mim? 7

charme uma mecha grisalha na madeixa ruiva que desce encaracolada pelos ombros, emoldurando sua beleza madura. Dona Helena dá risada, diz que a especulação não vai trazer qualquer resposta. Faceira, diz que é assim e pronto, não importa se há uma razão mística, genética, ou o que seja. Quem olha Helena de costas não se dá conta se é uma anciã ou uma menina. Tem a minha altura, menos de um metro e sessenta. Corpo magro e pele clara, mas se recusa a dizer que é branca, enfatiza que em seu sangue correm muitas cores. Seus olhos escuros e transparentes a impedem de dissimular o que sente. Seus movimentos ágeis e precisos contrastam com os anos de vida percorridos.

Acredito que o segredo da minha avó para manter sua aparência tão jovem é amar com leveza. Helena confia na reciprocidade do amor. Ao longo da juventude e início da vida adulta seu coração foi muitas vezes estilhaçado, machucado. Viveu e reviveu frustrações que poderiam tê-la tornado uma mulher amarga, fechada em si. Ao contrário das probabilidades, Helena fez de suas dores afetivas alavancas para construir relações amorosas e leais, suas desilusões tornaram-se apenas fatos existenciais, circunstâncias que a fizeram amadurecer de forma bela. Helena desfez-se de fardos, dedicou-se a amar a vida de forma incondicional.

É enriquecedor ouvi-la filosofar sobre o amor, a naturalidade com que fala dos conflitos da vida afetiva, a aceitação com que encara as angustias da alma, a leveza com que lida com os desejos humanos. Nosso ritual particular, no encanto poético do jardim ou aos pés do fogo da lareira, é conversar por horas que se estendem sem que possamos nos dar conta. Helena torna-se por vezes minha melhor amiga, como se tivéssemos a mesma idade. Por outras vezes, volta a ser minha avó, me inspirando com sua sabedoria genuína. Fico intrigada com sua habilidade de estar completamente à vontade entre pessoas de qualquer idade, para falar sobre qualquer assunto.

Seu mundo íntimo floresce numa rua de pedras do Centro Histórico de Curitiba. A fortaleza que Helena construiu para viver se destaca da vizinhança de bares e juventude alegre perambulando embriagada pelos arredores. Ao passar pelo portão de ferro que dá acesso ao casarão, entro num outro universo, mágico. Da rua é impossível ver o que se esconde por trás dos muros: uma mistura harmônica de Império Bizantino com Jardim Botânico. Espécies exóticas de plantas se enraízam pelo quintal, varandas amplas recebem o sol e grandes janelas de vitral abraçam a casa aconchegante. Pra mim é um privilégio morar com minha avó enquanto faço faculdade.

Um dia desses voltei da aula e encontrei Helena podando seu pé de gerânio, sempre me impressiono com a dedicação milimétrica que ela empenha nesse trabalho manual. De imediato percebeu que cheguei, parou seu trabalho e veio me dar aquele abraço gostoso de vó que faz o mundo parar de girar. Me perguntou como tinha sido na faculdade, contei sobre a peça *Sonho de uma Noite de Verão*, do Shakespeare, que tínhamos discutido em sala naquela manhã. Na peça dois casais fogem para evitar um casamento indesejado, se perdem na floresta e já não se sabe quem está apaixonado por quem, ou fugindo de quem. Os casais ainda misturam-se com os duendes e fadas da floresta, numa sucessão de encontros e desencontros, beijos e desentendimentos, feitiços e brincadeiras, fantasia e realidade se entrelaçando sem que se possa separar uma da outra. A história me fez refletir sobre as relações românticas atuais, como os amores se constroem nessa dança entre sonho e real, como as histórias de amor morrem e nascem, como as pessoas se apaixonam e se desapaixonam, vivem seus afetos das mais diversas formas nessa dança da vida.

— Vó, é mesmo tão difícil viver o amor de forma tranquila? Parece que tem essa confusão de encontro e desencontro desde sempre, tipo aquele poema do Drummond "João amava Teresa que amava Raimundo que amava Maria que amava Joaquim que amava Lili que não amava ninguém." É mesmo difícil encontrar um amor recíproco, um amor que permaneça, como o do meu pai e da minha mãe?

— Rosa, o amor precisa de tempo, para nascer e para morrer. O nascimento é crescente. A vontade de estar com a pessoa amada brota pouco a pouco. As cores que o amor ganha ao germinar são notadas com facilidade. A morte do amor é decrescente. Desfloresce a alma devagar, desbota as pétalas sem que se perceba, sufoca a vida de forma invisível.

— Nossa vó, é tão difícil a gente saber se tá na hora de acabar, né?! Como é que a gente sabe quando precisa por o tal ponto final de uma vez ou quando ainda é possível resgatar a relação?

— Ô meu amor, não tem receita pronta. Às vezes termina antes mesmo de terminar, outras vezes é preciso ir e vir até que realmente se vá. O certo é que, em algum momento, é preciso coragem para que seja declarado o óbvio, para que o finito seja aceito. Depois que se enterra um amor o sentimento de alívio coexiste com a dor do fim. O duelo persiste até que o tempo dê vitória ao alívio.

— Sei lá, ainda acho difícil reconhecer quando um amor está totalmente enterrado. Parece que sempre sobra uma faísca de vida ali querendo manter o sentimento vivo.

— Alguns são mesmo enterrados. Outros são transformados. O romantismo tem seu fim, o afeto e a amizade permanecem. Mas, há dores nessa vida que não ficam leves nunca, nós apenas nos acostumamos a carregar o peso. Os cacos se reorganizam, se reajustam em outro colorido, único. Rosa, o coração humano nunca se cansa de tentar, porque nasceu para amar. A incapacidade de amar é uma ilusão. Só o amor é capaz de drenar pântanos e regar desertos. As relações acabam, se transformam, o amor está sempre ali, pronto para se expandir na direção que o coração, ou a mente, indicarem. Melhor mesmo é quando o coração e a mente se alinham, quando o desejo e o querer são um só, aí, Rosa, aí é que a magia acontece.

— Magia parece algo tão raro, algo que era impossível de acontecer e que do nada acontece, sem muita explicação, sem que a gente possa controlar, sem que dependa da nossa vontade acontecer, algo fora do nosso alcance. É meio que angustiante depender de magia para amar, não é?

— O controle é ilusão, nada se controla, a vida caminha como precisa caminhar. O poder da magia se manifesta quando há uma sincronicidade de movimentos. Uma cadeia de eventos que é favorável para que algo aconteça. A magia também se revela na mudança de uma cadeia indesejável, que está em movimento e precisa ser impedida de seguir. A nossa intenção e interação com as cadeias de eventos à nossa volta é fundamental para o desfecho mágico. Isso está acontecendo a toda hora, a todo momento. Precisamos estar atentas ao aqui e agora. Quantas coisas

Quantas vidas cabem em mim? 11

hoje são possíveis para a sua geração que para mim na sua idade pareciam impossíveis de acontecer?

Concordei com a cabeça, ainda tentando entender o que minha avó disse e comecei a fazer um teatro mental, juntava cenas conhecidas da história da minha avó e a imaginação para preencher os espaços vazios que eu não conhecia. Naquela tarde, enquanto ainda me perdia em pensamentos dramatúrgicos, sentada sob a sombra da araucária do jardim, ouvimos o estrondo de um vidro, uma pedra amarrada a uma flor estilhaçou o vitral da varanda e descansava no tapete da sala de estar.

Curiosas e apreensivas, a passos desconexos, com o peito em disritmia, chegamos à rua para identificar de onde veio a pedra. Encontramos parado na calçada um senhor vestindo xadrez vermelho e barba grisalha. O homem esboçava um sorriso latente, olhava com ternura marota a fachada da casa. O tempo pareceu congelar quando os olhares dele e da minha avó se encontraram. Helena embranqueceu e, antes que seus sentidos se perdessem, com a voz trêmula, sussurrou ao meu ouvido.

— Rosa, esse é o seu avô.

— O avô que nunca conheci, e de quem pouco você falou até hoje?

— Sim.

Capítulo um

As sombras daqueles e daquelas que nos antecederam parecem estar sempre caminhando ao nosso lado, ora apressadas nos atropelando, ora com vagar indicando caminhos já conhecidos. A história dos meus bisavós tem grande influência em quem minha avó se tornou, nas escolhas que fez. Foram muitos os momentos difíceis que precisou superar. No começo ela resistia em me falar sobre essas dores. Aos poucos, no acolhimento do seu jardim, com uma xícara de chá nas mãos, foi abrindo o baú de memórias.

Helena, filha de João e Eva.

Eva, caçula de uma família de doze irmãos, seis homens e seis mulheres, nascida num pequeno vilarejo rural localizado há pouco mais de quatrocentos quilômetros de Porto Alegre. Seus pais, Maria e Bento, imigrantes, vieram ainda crianças da Alemanha. Suas famílias se conheceram no navio que os trouxe ao Brasil. Fundaram uma colônia germânica no interior do Rio Grande do Sul, onde Maria e Bento migraram da amizade de infância ao casamento, ainda adolescentes, como era comum naqueles tempos.

Maria tinha uma vocação natural para conversar com as plantas, entender seus mistérios, descobrir suas medicinas. Tornou-se parteira, montada no lombo de uma égua percorria as estradas da região para atender suas gestantes. Às vezes passava mais de uma noite fora de casa, indo de

Quantas vidas cabem em mim? 13

um parto a outro. Bento não gostava muito não. Maria fingia não perceber a contrariedade do marido, seu ofício como parteira era o que a fazia sentir a vida acontecendo, não só em suas mãos, quando amparava um novo bebê chegando ao mundo, mas dentro dela, em todas as suas células ativas enquanto exercia seu sacro ofício. O marido não conseguiu impedir a esposa de passar noites fora de casa trabalhando, mas exigiu que as famílias das mulheres gestantes enviassem uma carroça para buscar Maria quando necessário, não queria mais a esposa cavalgando pelas estradas sozinha.

Aos quatorze anos Eva foi matriculada num colégio interno, mal falava português e sofreu muito com o preconceito de colegas, em casa só se conversava em alemão. Aos dezessete, quando seu pai Bento faleceu, foi morar com uma irmã na fronteira com o Uruguai. Aos dezenove, outro irmão, Alberto, que já tinha saído de casa há muitos anos, e era professor em Foz do Iguaçu, foi buscá-la para morar com ele. A bisa Eva foi para Foz para mudar de vida. Não sabia muito bem o que queria, mas queria um destino diferente da vida na roça. A cidade era pequena. Eva logo começou os estudos em ensino técnico de contabilidade.

Ao contrário de Eva, de total origem germânica, meu bisavô João é fruto de uma mistura étnica. A mãe de João, também chamava-se Maria, tinha em sua ascendência sangue português. O pai de João, Joaquim, uma mistura de culturas, legítimo representante dos povos originários da África e América. Essa miscigenação aconteceu nas fazendas de café do sul mineiro.

João é o quarto filho, também de uma família de doze irmãos, sete homens e cinco mulheres, nascido num pequeno vilarejo rural localizado há pouco menos de quatrocentos quilômetros de Belo Horizonte. Parte dos filhos puxaram os traços físicos de Maria e a outra parte de Joaquim. As crianças, então, se dividiam em grupos, os brancos, semelhantes à mãe, e os pretos, semelhantes ao pai. Também brincavam e brigavam muito. Quando um dos doze fazia algo de errado, todo mundo apanhava de Joaquim. João era uma das crianças que mais aprontava. Havia na região uns vizinhos baianos, com fama de brabos. Um dia João pegou um facão enorme e amarrou na cintura, o facão era mais comprido que as pernas dele, ficou andando pelo quintal do sítio, arrastando o facão no chão e anunciando que agora ele era baiano. Ficou o apelido, baiano.

João ainda adolescente migrou com a família de Minas Gerais para o Paraná, em busca da prosperidade prometida pela produção de hortelã no Estado. Joaquim comprou um sítio de sete alqueires de terra, chamava Sete Alqueires. Na mudança, além da família, havia uma vaca e dois burros. Um morreu na viagem para tristeza das crianças. A vaca da raça Jersey, nomeada Jacutinga, ganharam de um compadre em Minas na despedida, uma vaca tão mansinha ao ponto das crianças mamarem o leite direto das tetas. No Paraná, Jacutinga teve um bezerro batizado de Marolo. Marolo, enquanto filhote vivia dentro de casa junto à família, não tinha medo de gente. Quando Marolo cresceu ficou brabo de um jeito que ninguém podia se aproximar dele no pasto, apenas João tinha valentia suficiente para se aproximar do amigo e conversar com ele na beira da cerca que mantinha Marolo controlado.

João desejava progredir, encontrar caminhos que o levassem para um destino diferente do que Joaquim e Ma-

Quantas vidas cabem em mim? 15

ria tinham. Então, ele começou a fazer doce de leite para vender no campinho de futebol da zona rural. Com esse trabalho conseguiu juntar dinheiro para comprar porcos, levava os pequenos animais para o sítio para engorda e depois vendia. Também começou a plantar feijão em pequenas áreas de terras, que não eram usadas pelos sitiantes vizinhos. Assim, suas economias foram aumentando, e em alguns anos investiu as economias na compra de um bar. Estava sempre em busca de melhoria, de novos projetos, nunca sossegou. Mas, ele não tinha experiência em fazer negócios da cidade, só sabia viver no campo, analfabeto, perdeu todo o investimento feito no bar.

Nessa época João entrou em parafuso, foi um grande baque para ele ver todo o esforço físico e financeiro investido desaparecer de forma inesperada. A família manteve-se ao seu lado, buscou ajuda em benzedeiras para trazer o juízo de volta. A benzedeira recomendou que ele usasse um lenço branco amarrado na cabeça para acalmar o espírito desassossegado, logo ele foi se aprumando de novo e retomou sua valentia para buscar oportunidade em outro lugar, queria ir para cidade, para cidade grande, queria aprender a fazer negócios da cidade. Os sonhos o moveram para longe de casa. Foi a São Paulo em busca de oportunidades melhores de trabalho e estudo. Só conseguiu trabalho de vendedor ambulante na praia de Santos, mal dava para a comida e o aluguel do quartinho em que vivia. Numa manhã preparava seu carrinho de picolés para mais um dia de calor intenso, quando seus primeiros clientes apareceram, com grandes mochilas nas costas, barbas longas, pediram dois picolés de limão e perguntaram a João onde ficava o corpo de bombeiros. Aqueles rapazes tinham um brilho diferente no olhar que despertou a curiosidade de João.

João logo quis saber o objetivo dos rapazes em ir ao corpo de bombeiros. Eram dois engenheiros viajando de mochila pelo país, estavam vindo do extremo sul em direção ao extremo norte. Pediam carona nas estradas, comida nas igrejas e pouso aos bombeiros. João ficou impressionado com os relatos e instigado em participar da aventura. Empacotou os poucos pertences que tinha e seguiu viagem com os novos amigos. Viveu essa jornada, apaixonando-se em cada parada pelo exuberante litoral brasileiro e aprendendo muito com os companheiros de estrada, o que acendia em João uma vontade descomunal para estudar.

João acompanhou os engenheiros até a Amazônia, no Amapá divisa com a Guiana Francesa. Mas, não tinha dinheiro e nem documentação para sair do país. Despediu-se dos amigos engenheiros, que seguiram viagem para Costa Rica. Depois de um ano peregrinando pelas estradas brasileiras João voltou ao Paraná. O sítio parecia ainda menor que antes, João estava inquieto, sentindo-se um rio que se esqueceu de desaguar, queria muito estudar, não sabia ler nem escrever, depois de tudo que aprendeu com os amigos engenheiros não podia mais se contentar com a vida no campo.

A escola mais próxima do sítio ficava há uma hora de caminhada. João não arrefeceu. Acordava de madrugada, caminhava quatro horas descalço pela estrada de terra, levava o único par de sapatos que tinha na mão para não sujar. Na escola, lavava os pés, calçava as botas, assistia às aulas e depois voltava caminhando para casa por mais quatro horas, muitas vezes com a fome corroendo suas

Quantas vidas cabem em mim? 17

entranhas. Chegou a arrancar um pé de cebola de uma plantação na beira da estrada para preencher o estômago. Voltava para casa, comia a quirera com carne de porco, que descansava na panela sobre o fogão à lenha, e já engatava nas lidas do sítio. As dificuldades não o impediram de sonhar com um futuro diferente dos pais.

Joaquim compadecido do anseio do filho em estudar, conversou com um coronel da polícia militar, um amigo de Minas que também havia migrado para o Paraná. O coronel orientou o ingresso de João na polícia militar em Foz do Iguaçu, que estava com chamada aberta para novos recrutas, mas João ainda era analfabeto funcional e para entrar na polícia era exigido que tivesse ao menos a quinta série. O coronel precisou usar da sua influência para que o rapaz participasse da chamada e iniciasse a carreira militar. Na polícia João teve tempo de dedicar-se aos estudos, até formar-se advogado, para alegria de Joaquim, que se orgulhava de ter um filho doutor, o único de seus filhos e filhas que conseguiu concluir o ensino superior.

Eva e João se conheceram em Foz do Iguaçu, na sorveteria da praça, ao final da missa de domingo. Eva costumava frequentar as missas. João, a praça. O mineiro alto, magro, elegante, de rosto fino e bigode preto muito bem aparado, se encantou pelos cachos dourados que emolduravam o sorriso doce da gaúcha de olhos verdes. Eva impressionou-se com o soldado sempre armado com um livro na mão. Em pouco tempo de namoro casaram-se. No mesmo ano, Eva ficou grávida de Helena. Minha avó Helena foi muito planejada, seus pais desejaram muito um bebê. Minha tataravó Maria veio do Rio Grande do Sul para acompanhar o parto. A bisa Eva queria que sua mãe

18 *Deise Warken*

fizesse o parto. Mas, Maria achou que não teria controle emocional suficiente para ajudar o seu bebê a ter um bebê.

Quando as contrações de Eva começaram, João já estava fardado pronto para ir ao trabalho. Foram os três ao hospital público da cidade. Eva foi examinada e o trabalho de parto ainda demoraria até que a criança nascesse. João foi ao quartel trabalhar e deixou Eva com Maria no hospital, voltaria em algumas horas. Eva estava apreensiva, queria o marido ao seu lado, João a abraçou na breve despedida tentando transmitir tranquilidade à esposa. Ela só sentia a rigidez da arma de fogo carregada no coldre de João, foi incapaz de sentir o conforto do abraço.

Mais duas mulheres estavam em trabalho de parto na enfermaria com Eva. O médico não estava. A enfermeira obstetra tinha a sensibilidade de uma pedra bruta. Quando as dores de Eva se intensificaram, o choro e os gritos eram uma forma de buscar alívio. Maria, do corredor, ouvia com desespero o sofrimento da filha, impedida de acompanhá-la na enfermaria. A enfermeira impaciente com os gritos de Eva fez uma piada perversa: "garanto que na hora de fazer não gritou desse jeito". Eva, ali, com o suor brilhando na testa, sofrendo as dores do parto da vida que não fez sozinha, teve sua condenação decretada pela enfermeira. A culpa pela própria dor lhe impingiu nova pena, mordeu os lábios para evitar o som, enquanto em silêncio rezava dezenas de ave-marias. Eis que, enfim, ouviu o choro, uma menina, Helena.

A enfermeira, na sua linha de produção de trazer bebês ao mundo, como se tirasse pães quentes do forno, colocou Helena numa caixa de papelão com remédios ainda fechados que esperava no chão da enfermaria para serem guar-

Quantas vidas cabem em mim? 19

dados nos armários. Helena movimentava braços e pernas buscando acolhimento nesse espaço desconhecido que a recebia, enquanto a enfermeira já socorria outra mulher prestes a tornar-se mãe. Eva inconformada com a situação, encharcada de suor e lágrimas, sem forças para falar ou mover-se depois do intenso trabalho dedicado a trazer Helena ao mundo, tentava entender porque a enfermeira não deixou a filha em seus braços. Helena também parecia não se conformar, vermelhinha e com o corpo coberto dos líquidos que saíram do ventre da mãe, berrava como se estivesse prestes a morrer, e não como se tivesse acabado de nascer.

De certa forma, o nascimento é também uma morte, não?! O que será que se passa no interior da cabeça de um bebê quando nasce?

Eva não sabe quanto tempo levou para que uma outra enfermeira viesse buscar Helena para o banho e procedimentos de praxe, diz que pode ter sido rápido, mas para ela pareceu uma eternidade. Maria, enfim, encontrou a filha e a neta, surpreendeu-se com os lábios feridos de Eva. Eva desconversou chamando a atenção de Maria para os encantos de Helena, falando o quanto era parecida com João, os olhos e o nariz eram em definitivo do pai. Maria acompanhou Eva em todo o puerpério, ensinando tudo que sabia da sua experiência de criar doze crianças e de auxiliar mais de mil mulheres em seu ofício de parteira, na zona rural do Rio Grande do Sul. O puerpério foi difícil para Eva e João. O apetite sexual dele sempre foi intenso e Eva, naquele momento, só tinha energia para nutrir o apetite por leite da filha. Afastaram-se.

Maria já tinha voltado para o Rio Grande do Sul, João e Eva contrataram uma moça, Sara, para auxiliar nos cuidados com a casa e com a filha. De boa família, muito religiosa, formou-se um grande afeto entre Eva, João e Sara. Porém, com o tempo, Sara tornou-se distante da família, apesar de dormir na casa durante a semana, deixou de participar do convívio familiar, passou a recolher-se mais cedo para o pequeno quarto que dormia, fazia suas refeições separada na cozinha. Eva estranhou o comportamento da moça, João tranquilizava a esposa dizendo que devia ser algo da idade, briguinha com namorado, que Eva não deveria se preocupar com isso. Mas, logo em seguida Sara pediu demissão, disse que tinha ficado grávida do namorado e precisaria deixar o trabalho. Teve um menino, Renato, um ano e quatro meses mais novo que Helena. Mesmo com o afastamento de Sara, Eva fazia questão de pedir ao marido que levasse as roupinhas de Helena, que não lhe serviam mais, para Renato.

Helena foi uma criança muito esperta, aprendia tudo muito rápido, começou a andar com nove meses, na sequência já ensaiou as primeiras palavras, e desde a primeira falava tudo muito correto, exceto pela conjugação verbal mais complexa. Quando Helena já caminhava com firmeza e estabilidade, João achou que a filha já estava pronta para aprender a nadar, mas sua metodologia não foi das mais ortodoxas. Jogou Helena numa piscina que frequentavam para que ela de forma instintiva nadasse sozinha. Eva caiu em desespero ao ver a filha submergir. Um amigo do casal pulou na água para resgatar a menina. João acreditava na filha, confiava que ela nadaria sozinha, só precisava de um pouco mais de tempo.

Helena queria muito uma irmãzinha para brincar. Eva e João já tinham planos de ter um segundo bebê. Assim,

Quantas vidas cabem em mim? 21

planejaram e tiveram Raquel, dois anos e meio mais nova que Helena. Poucos meses antes do aniversário de um ano de Raquel, Eva descobriu que estava grávida da terceira filha. Ficou bastante confusa, ainda amamentava a segunda. João também foi surpreendido com a notícia. Passado o choque da mudança de planejamento familiar, nasceu a caçula, Regina.

Enquanto João seguia carreira militar, Eva ocupava-se do cuidado com as filhas. Desdobrava-se para conciliar as necessidades das três meninas com as panelas, o tanque e os desejos sexuais do marido, enquanto seus sonhos de ter uma profissão pareciam cada vez mais distantes.

Helena desbravava o quintal de casa como se fosse o mundo todo, tinha uma pequena enxada para ajudar a mãe capinar a horta, levava muito a sério seu ofício, do alto dos seus quatro anos de idade. Um dia, brincava com a enxada no jardim, arrancando ervas-daninhas, o primo, que era vizinho da família, queria pegar a enxada de Helena, mas ela estava irredutível em emprestar, dizia ao primo, não vê que estou trabalhando, me deixa em paz. O primo disposto a tirar Helena do rumo começou a jogar pequenas pedras nas pernas da menina, que num instinto direcionou a lâmina da enxada para a cabeça do menino, que precisou ser socorrido pelas mulheres da casa e levado ao hospital. Por sorte, Helena não tinha força suficiente para ferir com maior gravidade, ainda assim, o corte rendeu uma cicatriz eterna, e castigos bem dados para as crianças aprenderem a se relacionar melhor.

Capítulo dois

Pouco antes do aniversário de um ano de Regina, estava latente o anseio de Eva e João em cursar o ensino superior. Em Foz do Iguaçu ainda não era possível, decidiram arriscar a vida em outra cidade. Meu bisavô se inscreveu para a única faculdade de direito do Estado, em Curitiba. Antes mesmo de saber o resultado do processo de admissão pediu transferência na política militar, e mudou-se com a esposa e as três filhas, confiante de que conseguiria.

Semanas depois da mudança, foi chamado para atender uma ocorrência num botequim no centro da cidade, próximo à Universidade Federal. Vários rapazes embriagados faziam algazarra, cantando e dançando, perturbavam a ordem e geravam reclamações da vizinhança. João perguntou o que estava acontecendo, os rapazes estavam celebrando a conquista da vaga na universidade. João não sabia que o resultado já havia saído. Pediu aos rapazes que diminuíssem o tom da comemoração e buscou saber se ele também tinha conseguido entrar no curso. Quando viu seu nome na lista, voltou correndo para celebrar com os rapazes.

Um ano depois do início das aulas de João, foi fundado o curso de Letras na Universidade, e Eva também conquistou a chance de ingressar no estudo superior. Deixou os números contábeis para dedicar-se às letras, às palavras,

Quantas vidas cabem em mim? 23

à vida em verso e prosa, e de certa forma, ressignificar seu começo com a língua portuguesa. Na adolescência era motivo de risos pela sua alfabetização em alemão caipira, como costumava dizer. Falar em português foi desafiador para Eva, não conseguia formar as frases na forma correta, e apesar de conseguir ser entendida, era ridicularizada pelas colegas do colégio interno. Formar-se professora de Língua Portuguesa e ensinar o idioma que trouxe tantos desafios, é um dos exemplos da sua resiliência ante os percalços da vida.

Conciliar estudos com o trabalho de dona de casa, mãe de três filhas pequenas com pouca diferença de idade, não a intimidou. Eva sempre foi incansável, enérgica, tirava forças sabe-se lá de onde, talvez de sua fé em Nossa Senhora. Seguia, entre fraldas e cadernos, entre tragédias infantis pelas estripulias das pequenas, e dramas adultos que guardava para si.

Um dia estava atarefada na cozinha enquanto as meninas brincavam na varanda. O barulho das panelas foi interrompido por gritos e choro. As duas mais velhas queriam fazer da caçula rainha, a colocaram na cadeira de bebê e com seus frágeis músculos em formação acreditavam ser capazes de levantar a irmã e fazer com ela um desfile real pela área, transformada em palácio pela imaginação das irmãs. Os braços magrinhos não suportaram o peso, a cadeira virou ao chão. A pequena cortou os lábios. Eva não sabia se socorria a mais nova ou repreendia as mais velhas. Fez tudo ao mesmo tempo. Enquanto limpava o sangue de Regina com o pano de prato que trazia nos ombros, colocava Helena e Raquel de castigo, sentadinhas no sofá da sala, sem brinquedos.

João chegou tão contente do trabalho que Eva nem teve tempo de contar o incidente com as crianças. Tinha uma ótima notícia, tinha sido designado delegado "calça curta", uma nomeação política que dispensava formação em direito e concurso público, o que era possível naquela época. Assumiria o comando da delegacia de uma cidadezinha da região metropolitana de Curitiba, Campina Grande do Sul. As meninas já tinham crescido, Helena estava com oito anos, Raquel com cinco e meio e Regina com quatro.

Esse período na vida de Helena foi curto, mas muito intenso, a pequena cidade do interior deixou lembranças marcantes na sua segunda infância. O novo lar era uma casa de madeira, pintada de laranja, quintal espaçoso com horta, um galinheiro, um casal de perus. Uma diversão para as meninas, que se alternavam entre brincadeiras divertidas e birras de criança. Casa de esquina, ao lado da única churrascaria da cidade. Do outro lado da rua da casa da família estava o campo de futebol do município, onde todos os domingos a bola rolava e a comunidade se divertia. Outro evento que reunia a cidade era o festival de pipas, imensas, minúsculas, colorindo o céu azul.

Das cores às cinzas Helena experimentou desde muito cedo as contradições da existência nesse planeta. Em Campina, Helena tinha uma professora de Ciências Sociais, a única de que se lembra, uma mulher de braços fortes, quadris largos, cabelos pretos, rosto redondo, estatura baixa e olhar severo. Numa das aulas Helena começou a chorar porque não conseguia entender algo que a professora ensinava, foi repreendida com rispidez, e ouviu da mulher que suas lágrimas eram de crocodilo. Helena enxugou as

Quantas vidas cabem em mim? 25

lágrimas, fechou-se, deixou de perguntar nas aulas e com isso passou a enfrentar também a covardia dos meninos valentões da escola, que provocavam a menina recém chegada na cidade, dizendo palavrões e ofendendo Helena. A coragem que ela não teve para lidar com a agressão da professora usou para enfrentar os meninos da sua idade. No recreio, discutia, rebatia as ofensas, até o ponto de um dia marcarem uma briga para depois da aula, que só não aconteceu porque Eva também trabalhava na escola e descobriu o que estava acontecendo, avisou a diretoria e a escola chamou os pais dos meninos para uma repreensão, e a briga não aconteceu.

Em Campina Helena também viveu seu primeiro amor, namorico de infância, um coleguinha da escola, Bio, filho de família importante na região, era educado e amoroso com Helena, bem diferente dos valentões que Helena enfrentou nas primeiras semanas de aula no colégio. Bio um dia apareceu na casa de Eva e João, vestindo uma camisa branca de mangas curtas, shorts azul com suspensório, e uma charmosa gravata borboleta, veio pedir permissão à Eva e João para namorar Helena. A permissão foi concedida desde que um adulto sempre estivesse por perto enquanto as crianças namoravam, do seu jeito infantil de namorar, brincando de correr no quintal, alternando entre bonecas e carrinhos, e ao final da tarde caçando vagalumes e colocando em potes de vidro para fazer lanternas.

A família já estava adaptada à nova rotina e os domingos eram sempre os mesmos, almoço em família, brincadeiras, tarefa da escola, ouvir ao longe os gritos da torcida no jogo que acontecia no campo, ouvir de perto o som da máquina de escrever acionada pelo ágeis dedos de Eva datilografando seus trabalhos de faculdade. Num desses dias de domingo, que poderia ter sido como todos os outros, Helena e Eva tiveram uma revelação que afetou suas vidas de forma permanente. Foi um dia que abriu cortes profundos no peito, no estômago, na alma. Minha avó Helena me contou com detalhes o que aconteceu nesse dia. Ao descrever o que houve, parecia reviver aquele momento, sua respiração tornou-se mais curta e a voz embargada. É impressionante como memórias tão antigas ainda podem desencadear emoções tão fortes.

No meio da tarde Helena e as irmãs foram brincar no campo de futebol. João, com pouco mais de trinta anos, delegado da cidade, naquela tarde fazia a segurança policial do evento. Dia ensolarado, campo de futebol lotado. A bola rolava. A plateia, recostada nos carros estacionados à beira do gramado, se divertia. Atenta ao público, Helena ao cruzar o portão principal procurou pelo pai. Fardado, de imediato o viu. Sentado no capô de um fusca branco, seu braço direito contornava os ombros de uma mulher de cabelos escuros, que deslizavam pelas mãos calejadas de João, marcas de seu passado de agricultor. As mesmas mãos que pesavam nas surras levadas pelas meninas quando "faziam arte", empunhavam uma arma em seu ofício militar, acariciavam seus afetos, amparavam os livros de estudos. Helena não entendeu muito bem o que acontecia no momento e, sob o impacto de presenciar aquela cena, correu de volta para casa, ainda sem fôlego relatou à mãe o que viu.

Eva ouviu o relato atônita. Ficou paralisada.

Helena encarou a mãe com fúria e perguntou: "você não vai fazer nada?". Eva pegou a maior das facas de sua

Quantas vidas cabem em mim? 27

cozinha e saiu em direção ao campo. Da cerca de casa, Helena observava com o coração disparado, olhar apreensivo, pensamentos conturbados. Quando Eva alcançou o grande portão de entrada, João e a mulher que o acompanhava viraram-se para trás encontrando os olhos da esposa, ardentes com a visão do pesadelo materializado à sua frente. Surpresa ainda maior foi descobrir que a acompanhante de João era Ruth, uma colega do casal. Após a mudança para Campina, João e Eva iam a Curitiba para cursar a faculdade, pegavam sempre o mesmo ônibus, e essa mulher fazia o mesmo trajeto, João costumava ceder seu lugar à ela, e os três conversavam muito nesse período. Naquele momento imagino que a bisa poderia ter deixado a raiva e a cólera dominarem seus impulsos. Eva recuou. Teria pensado nas filhas? O retrato da inocência teria substituído a imagem dolorida em sua frente?

Anos depois Eva disse à Helena que sim, foi a imagem das três meninas que a demoveu de um ato que poderia ter sido um crime. Respirou fundo. Voltou para casa sem protagonizar qualquer tragédia. Sem fazer nada. Silenciou!

João em seguida entrou pela porta da sala sem dizer palavra sobre o que aconteceu no campo de futebol. Eva seguiu concentrada, datilografando um trabalho de faculdade na máquina de escrever. Fingiu não notar a presença do marido enquanto seus pensamentos remoíam os sinais que João deu desde que se conheceram, era um homem namorador. Quando se conheceram, João estava noivo de outra moça. Eva não sabia. O romance foi ficando sério, João rompeu o noivado e pediu Eva em casamento usando as mesmas alianças que já usava com a outra noiva. Eva só descobriu depois de casada e João convenceu a esposa de que não era problema nenhum, era só uma questão de economia, ouro é ouro, o que importava era o amor dele por Eva.

As lembranças do passado e o acontecimento recente deixavam a mente de Eva alarmada, o som frenético das teclas da máquina de escrever era impotente para quebrar o silêncio sepulcral de Eva para com o marido. João andava para lá e para cá pela casa, rodeava a esposa sem saber o que dizer, o que fazer. Quando já não era mais possível ignorar a inquietação dos coturnos do marido pelo chão, Eva afastou os dedos da Hermes Baby azul claro, perguntou se ele estava querendo a janta, e em seguida emendou em tom protocolar que logo providenciaria. Comeram sem digerir o ocorrido.

A família não tardaria a mudar de Campina, poucos meses depois da ocorrência no campo de futebol houve uma tragédia ainda maior na cidade. Um policial da delegacia comandada por João foi assassinado por uma quadrilha de ladrões de carro. Após o assassinato, um dos integrantes da quadrilha também foi assassinado, suspeitando-se que o novo crime fosse vingança de policiais. A família de Eva e João passou a correr perigo nessa guerra entre polícia e bandido. As meninas e Eva tiveram que se acostumar com a presença de escolta armada dentro de casa. A situação foi ficando cada vez mais perigosa e a família voltou para Curitiba. As meninas não conseguiam entender muito bem o que acontecia. Mas, se divertiram com a mudança, a nova casa tinha um pé de goiaba e outro de jabuticaba no quintal dos fundos que encantava as meninas. No quintal da frente, um grande gramado onde as três irmãs costumavam deitar a noite, comendo doce feito com leite condensado na panela de pressão, para ver as estrelas cadentes no céu enquanto os pais estavam na faculdade, terminando o último ano de seus estudos.

Mais uma vez, enquanto no universo das crianças tudo estava doce e estrelado, no mundo dos adultos o amargor na boca estava prestes a ser sentido outra vez. Na volta da faculdade numa noite quente de verão, enquanto dirigia, João contou a Eva que Ruth, a mulher do flagrante no campo de futebol, estava grávida, esperando um filho dele. A revelação aconteceu na véspera dos festejos de formatura de João. Eva foi tomada pela fúria, gritou, chorou. Bateu em João com as mãos com tamanha força que obrigou o marido a estacionar o carro na praça da Igreja que ficava no caminho de casa para evitar um acidente. Eva se descontrolou, seus olhos embaçados pelas lágrimas e pela fúria mal conseguiam ver a cruz na fachada da Igreja à sua frente. Sua mente oscilava entre descer do carro e pedir ajuda à Nossa Senhora ou simplesmente deixar que o sentimento vulcânico que a dominava fosse vivido. Eva não acreditava que depois do ocorrido no campo de futebol o marido tinha mantido a relação clandestina, feito um filho em outra mulher. Eva gritou todos os nomes horríveis que impedia as filhas de falar, esbravejou, e ainda restando fôlego ofendeu o marido com as palavras mais duras que conhecia em alemão. João olhava para a esposa perplexo, nunca tinha visto Eva naquele estado.

Quando os gritos deram lugar às lágrimas ininterruptas e silenciosas, João ligou o carro e voltaram para casa. Encontraram as filhas já dormindo e, em vão, também tentaram alcançar o sono. A raiva tomou conta de Eva por dias, depois foi substituída por uma tristeza sem tamanho.

João pediu perdão com insistência militar, fez promessas de que poria um fim a relação. Depois de algumas semanas de discussão, Eva cedeu. Decidiu manter o casamento, desde que a família fosse embora para bem longe. João concordou, já tinha mesmo planos de deixar a polícia e iniciar a carreira de advogado numa cidade pequena do interior do Mato Grosso, onde dois dos seus irmãos já estavam trabalhando em fazendas de soja.

Assim rumaram ao centro-oeste do Brasil. Viveram um ano nesse novo mundo, que não tinha água encanada, luz elétrica, nem asfalto. Eva dava aulas na escola local e comprava por conta própria livros para abastecer a biblioteca da escola e incentivar a leitura. Precisava viajar duzentos e trinta quilômetros todo mês para buscar seu salário em outra cidade.

Para as meninas era uma aventura, tinham Lara, uma arara de estimação, brincavam de caçar na mata, se sentiam as próprias meninas-lobas. Helena tinha um periquito verde, adorava o bichinho, levava ele para cima e para baixo. Foi só na vida adulta que Helena descobriu as reais intenções de João em mudar para o Mato Grosso. Os conflitos que emergiram da gravidez de Ruth foram só um pretexto para a mudança. João e seus irmãos que já moravam lá, queriam grilar umas terras e aumentar a fazenda da família. Os planos deram errado. Tanto o de grilar terras, quanto o de fugir da relação extraconjugal.

Quando João e os irmãos tentaram ocupar a área de terras que tinham escolhido para invadir, foram surpreendidos por grileiros mais experientes que os expulsaram à bala do local. Restou a João a ingrata tentativa, ou o castigo de ser advogado numa terra sem lei. Mudar para o outro lado do país também não fez com que a paixão arrebatadora entre João e Ruth fosse arrefecida.

Recomeçar a vida naquele fim de mundo não foi nada fácil. João passou por dificuldades financeiras, ao ponto de numa oportunidade precisar pegar o dinheiro de uma rifa da escola que Helena estava vendendo, para fazer uma pequena viagem de trabalho a uma cidade próxima. Helena ficou apreensiva, o dinheiro não era dela, era da escola. O pai a convenceu que se tratava apenas de um empréstimo, que estava tudo bem. Assim foi. João viajou, recebeu um dinheiro na viagem e repôs o dinheiro da rifa da escola de Helena.

Depois de seis meses morando no Mato Grosso, Eva precisou viajar ao sul. Sua mãe Maria estava muito doente, tentando vencer um câncer de mama. Eva não chegou a tempo de velar e acompanhar o enterro da mãe, despediu--se no pequeno cemitério da vila rural, ao lado da Capela, onde o corpo de Maria foi enterrado junto a Bento.

A viagem foi tão longa, demorou tanto tempo, que as meninas tinham receio de que a mãe não voltasse. A percepção do tempo quando se é criança fica distorcida, dias pareciam meses. As meninas distraíam-se com os primos, brincavam na chuva, encantavam-se com a plantação de amendoim que Eva tinha semeado antes de viajar e que crescia de forma vertiginosa. Enquanto estava no sul, Eva foi visitar Ruth e o filho de João recém-nascido, Enrique. A visita teve o propósito de dar um ultimato a Ruth, que insistia em enviar cartas a João no Mato Grosso, mantendo a inquietude do homem dividido entre as duas famílias. Eva foi categórica e disse para Ruth exigir que João viesse ficar com ela, não queria mais viver nessa divisão. Eva tirou uma foto com Enrique no colo e levou para o marido, na intenção de fazê-lo decidir, escolher ficar com Ruth e Enrique de uma vez, deixar Eva e as filhas recomeçarem uma nova vida. Foi sua forma de tentar por um fim no casamento que estava devastado, mas que João insistia em manter.

A recepção de Eva pelas filhas na volta para casa foi uma imensa alegria, os presentes da mãe e as aventuras contadas pelas meninas do tempo em que ficaram sozinhas deleitavam Eva, que apegava-se a esses momentos para esquecer a dor que seu casamento lhe trazia naqueles tempos.

Alguns meses depois do retorno de Eva, João viajou ao Sul, dizendo que tinha negócios a resolver. Eva acreditava que enfim o marido tinha escolhido ficar com Ruth e Enrique. Mas, os pensamentos não foram verbalizados por ela. A estação de ônibus do vilarejo era precária. O ônibus partiu levando João e deixando uma nuvem de poeira que impedia ver o futuro que se desenrolava. Eva sentiu que agora estava sozinha, ali parada na beira da estrada, respirando poeira, com três crianças pequenas, estava só. Precisaria reunir as forças e a amorosidade que a compunham para recomeçar sua vida.

Ao contrário da imaginação de Eva, João não foi em busca de Ruth, voltou para Foz do Iguaçu e organizou o retorno da família para a cidade de origem. Uma família amiga emprestou a casa para morarem, João alugou uma sala comercial para abrir seu escritório, fez cartões de visita e passava as manhãs andando do começo ao fim da avenida Brasil distribuindo seu telefone, fazendo contatos em busca de clientela. Escreveu para Eva, disse que esta-

Quantas vidas cabem em mim? 33

va tudo encaminhado para recomeçarem a vida no sul de novo. Eva acalmou o coração, acreditou que desse vez, enfim, o marido se dedicaria apenas a família que construiu com ela. Alguns meses depois, já com uma pequena clientela capaz de prover as necessidades básicas, e com a chegada das férias de julho, João foi ao Mato Grosso buscar a família. A bisa logo conseguiu trabalho como professora numa escola particular e garantiu bolsa de estudos para as meninas. Nessa época, Eva teve a oportunidade de ser professora para as três filhas. Meses depois, também começou a lecionar na rede pública. A vida financeira estabilizou-se, as filhas sendo educadas em um bom colégio, um quintal grande para brincar, amigos às dezenas, uma cachorra amada, chamada Diana.

A transição da infância para adolescência de Helena, Raquel e Regina teve a presença dos avós paternos próximos, moravam num sítio em Cascavel e a família sempre ia visitar Maria e Joaquim. João e Eva faziam questão que as filhas convivessem com os avós. As meninas adoravam estar no sítio, fugir dos gansos, comer uva direto do parreiral, passear no lombo da égua, mansa que só. Elas cochichavam entre si sobre as unhas do vô Joaquim, que eram grossas e escuras, deformadas de tanto serem pisoteadas pelas vacas, Jacutinga e Estrela, e pelos bois, Getulio e Brizola.

Em meio a aparente calmaria de estar de volta a Foz recuperando a harmonia da família, um novo golpe ao coração de Eva se anunciava. Ela desconfiou que o marido estava mais uma vez escondendo algo. João começou a chegar muito tarde para o jantar, desaparecia nos sábados à tarde com a desculpa de visitar clientes e saia de casa sem hora para voltar. Em um dia da semana, Eva esperou o marido chegar do trabalho e o interrogou com firmeza. João de início tentou dissuadir, a acusou de fantasiar a realidade. Eva estava irredutível, não restou outra alternativa a João. Confessou ter trazido a mãe de Enrique para viver em São Miguel do Iguaçu, cidade próxima de Foz. E não era só isso, a mulher que disputava o afeto de seu marido carregava mais um filho do mineiro de coração paranaense e hábitos gaúchos, a quem Ruth daria seu nome, João Junior.

Para Eva era o fim de seu casamento. Expulsou João de casa. Deram entrada na papelada para a separação. Para Ruth, a esperança de enfim viver seu amor por João, tê-lo somente para ela e seus meninos. João mudou-se para casa de Ruth em São Miguel e Eva ficou com as meninas. Mas, João não se conformava com o fim do casamento, procurava Eva todos os dias, insistia pelo perdão. Eva pensava que até então João não havia deixado a família porque sentia piedade de Eva, mas a insistência do marido em retomar o casamento a fizeram acreditar que João sim a amava, amava muito. Eva perdoou João mais uma vez, permitindo que ele voltasse para casa e deixasse para trás o processo de separação, desde que João levasse Ruth e os meninos embora de São Miguel, fizesse com que a outra mulher voltasse para Curitiba e rompesse qualquer relação com Ruth, limitando-se a visitar os filhos, sem que Ruth estivesse presente nas visitas.

Ruth grávida e Enrique voltam para Curitiba. Eva e as meninas continuam a viver com João, que se limitou a visitar os meninos de vez em quando na capital, sem conseguir estabelecer com eles o vínculo da paternidade, era para Enrique e João Jr. um estranho que aparecia de

Quantas vidas cabem em mim? 35

vez em quando, levava presentes, e sumia de novo. Helena, Raquel e Regina, crianças e adolescentes à época, não tinham a capacidade de compreender a dimensão daquilo tudo, tampouco Enrique e João Jr.

Nesse cenário minha avó Helena passava pela puberdade. Começou a escrita em diários, falava ao papel como se fosse uma pessoa, contava da família, da escola, dos garotos que estava interessada, e das suas indignações com as situações injustas da vida. Poucos dias antes do seu aniversário de quatorze anos aconteceu sua menarca. Sentia os hormônios, mas nada sabia sobre sexualidade. Escreveu no diário seu sentimento de estar dividida com o fato, feliz por tornar-se mocinha, mas frustrada pelos incômodos que o sangramento menstrual trazia. Ao longo da vida adulta, quando teve a oportunidade de conhecer os saberes ancestrais da América, Helena ressignificou sua conexão com o sangue menstrual e com o seu corpo. Assim, minha mãe teve uma experiência muito diferente quando viveu a sua menarca, e depois também tornou a chegada da minha menarca um momento especial, de amorosidade. Minha mãe aprendeu com Helena, e depois me ensinou a coletar o sangue menstrual e devolver o sangue para terra, num ritual de agradecimento e devoção pela vida.

Quando recebi minha menarca, Helena foi de Curitiba para Foz para uma celebração especial organizada para marcar esse momento. Foi um chá da tarde em que as mulheres da família, e amigas próximas me falaram sobre suas experiências com o sangue, com o tornar-se mulher, com a sexualidade e o prazer feminino. Helena contou sobre o ritual do povo Guarani, que quando a menina recebe seu sangue pela primeira vez, é construído para ela uma espécie de poleiro, para que ela fique empoleirada, sem deixar que os pés toquem o chão, quando precisa ir ao banheiro é carregada. A adolescente fica coberta por um véu e nesses dias não consome nem açúcar, nem sal.

Nesse resgate da cultura ancestral, o sangue do ventre é recebido como uma benção na nossa família, assim como a escrita em diários. Quando minha mãe recebeu seu sangue pela primeira vez, ganhou um diário da minha avó, nesse ritual para celebrar minha menarca também recebi um diário, com capa bordada, feita de pedaços de tecido vindos de uma peça de roupa de cada uma das mulheres que esteve presente nesse chá. Foi aí que a escrita, ritual curativo na nossa família, começou a ganhar espaço na minha vida.

Os hormônios da adolescência incentivaram os dramas afetivos de Helena. Paixões avassaladoras mudavam de alvo a cada semana. Helena e Raquel tinham a sina de volta e meia apaixonarem-se pelo mesmo menino do bairro, um típico dramalhão que daria uma ótima novela no estilo mexicano dos anos noventa.

Helena e Regina faziam aniversário no mesmo mês, sempre celebravam juntas. Nos quinze anos de Helena foi Regina quem tomou a frente dos preparos da decoração, sempre teve uma habilidade manual invejável. A festa foi também uma celebração pela reforma da casa recém comprada por Eva e João. Vieram parentes e amigos de outros estados.

Naquela época, Alberto, o irmão professor de Eva que a trouxe para Foz, estava muito doente, lutando contra um câncer terminal. Não podia ir à comemoração. Eva fez questão que Helena saísse durante a festa para levar

Quantas vidas cabem em mim? 37

um pedaço de bolo ao tio e permitir que ele participasse de algum modo da festa. Para Helena foi um momento muito marcante. Ver o tio deitado na cama, muito magro, um homem que antes pesava perto dos cem quilos, era perturbador. Alberto tinha um filho criança, do segundo casamento. Helena pensava no primo tão pequeno que poderia ficar sem o pai. O tio, um professor enérgico, contou algumas histórias de sua carreira, Helena memorizou uma em especial. Ele tinha o hábito de atirar pedaços de giz nas pessoas, quando estavam perturbando a aula. Certa vez seu humor estava um pouco pior e atirou o apagador em um aluno, foi uma confusão que gerou até um processo disciplinar na escola. Anos depois, Alberto viajou a Assunção no Paraguai e deu de cara com o aluno num bar. Desesperou-se, temeu por um ato de vingança do aluno. Mas, o aluno sentou com ele, beberam juntos e deixaram o passado para trás. As últimas palavras do tio foram para Helena crescer desfrutando da vida, que fugisse da roda capitalista, do adquirir, adquirir, adquirir...

Alberto morreu três meses depois desse encontro. Tempos depois, o filho mais velho de Alberto, filho de seu primeiro casamento, casou-se com a viúva do pai, e tornou-se padrasto do próprio irmão.

Raquel e Regina tinham um relacionamento mais tempestuoso, segundo Helena a pequena diferença de idade entre as duas poderia ser a causa de uma disputa pelo lugar de bebê da casa na família. Helena por vezes tentava mediar a relação das irmãs, mas com o tempo, deu-se conta que nem tudo nessa vida pode ser resolvido, consertado.

Nas férias escolares o costume era viajar ao litoral, nem sempre com destino certo, nunca com hospedagem garantida. Eva e João ajeitavam as malas e as meninas no carro, pegavam a estrada deixando o cansaço da lida diária para trás a cada quilômetro, mas a falta de paciência das meninas com tantas horas no carro garantia um novo tipo de estresse, depois de certo tempo começavam a se desentender e Eva precisava ser firme, ameaçando voltar para casa e cancelar as férias na praia para que pudessem seguir em paz. Eva repreendia mais as meninas do que João. Mas, elas tinham mais medo de João, porque quando ele resolvia atuar, as surras eram de fazer xixi nas calças.

A primeira vez que as meninas pisaram o mar acreditavam estar num sonho, pediam umas as outras para se beliscarem, sentir a realidade do que viviam. A praia de Guaratuba parecia imensa aos seus olhos curiosos, não tinham medo das ondas, que lhes pareciam lençóis de espuma. Embrenhavam-se com o pai mar adentro até que os pés perdessem o contato com a areia. A mãe, de coração aflito, espichava o olhar na esperança de que o simples fato de vê-las as protegeria de serem sugadas pelas águas. Para felicidade da família, nunca tiveram nenhum incidente. João incentivava a coragem das filhas, nunca disse que elas não podiam fazer algo porque eram meninas, sempre apresentou o mundo como uma possibilidade infinita de escolhas que cabiam à elas fazer. Sua única exigência era que estudassem, tivessem uma profissão, fossem independentes.

Durante o ano as viagens de fim de semana continuavam para Cascavel, visitar os avós paternos no sítio. Mas, na adolescência as visitas deixaram de ser tão divertidas para as meninas, que preferiam ficar com seus programas

Quantas vidas cabem em mim? 39

de amigas e namoradinhos. João insistia que as filhas deviam visitar Joaquim e Maria, reforçava a importância de estar próximo da família.

Helena conta que uma vez quando já estava na faculdade, lavava a louça e foi surpreendida por Joaquim. O avô repreendeu a neta, não podia lavar a louça, era moça estudada. Acho tão curioso esse pensamento do meu tataravô, tão diferente da cultura daquela época. Seu Joaquim era mesmo um homem especial, queria ter tido a oportunidade de conhecê-lo. Quando ía para cidade conversava com quem cruzasse seu caminho. Tinhas seus bordões:

Bom Dia, dona Maria! Como é que vai suas fia?
Boa Tarde, seu Zé! Como é que vai seus pé?
E o armoço? É no pescoço. E a janta? Na garganta.
A meia te deixa feia! A saia atrapaia!

Seu Joaquim deixou tiradas típicas de herança à sua descendência, minha avó gosta de repetir seus bordões e conta que o senso de humor dele era impagável, gênio forte, coração doce. Deu sempre exemplo de humildade, honestidade e trabalho. Mãos calejadas da enxada, as marcas dos anos foram profundas em sua vida. Mesmo depois de aposentado, Seu Joaquim nunca se acostumou a ficar parado. Percorria as estradas da região, montado na sua "Faisca", uma velha bicicleta. Plantava mandioca, cana-de-açúcar. Cuidava da plantação com uma dedicação invejável. Levantava cedo todos os dias, acendia o fogão à lenha, fazia o café, com açúcar demais, segundo minha vó Helena. Gostava de moer cana e fazer garapa. Seu Joaquim adorava garapa. Seria esse o segredo de sua força?

40 *Deise Warken*

João também era fã de garapa, herdou do pai o gênio forte e coração doce. Sempre se indignava com as injustiças. Em seu ofício de advogado, certa vez fez um levantamento na cadeia da cidade para identificar todas as pessoas que estavam presas injustamente e não tinham quem as defendesse. João defendeu. João e Eva tinham os mesmos valores, juntos participaram da organização do Partido Trabalhista Brasileiro (PTB) em Foz do Iguaçu, juntamente com líderes dos sindicatos e os operários da cidade. A consciência política sempre esteve presente na família.

Helena fala dessa transição para a fase adulta agradecendo sempre por ter nascido de Eva e João, honrando tudo que aprendeu de valores na família e olhando para as dores que viveu com os percalços da história do pai e da mãe, com a aceitação de que os erros fazem parte da nossa jornada.

Capítulo três

Chegada a hora de Helena entrar na faculdade, decidiu por Letras, seguindo os passos da mãe e o gosto familiar pela literatura, hábito frequente na casa, toda a família adorava ler e apoiou a escolha de Helena. Na faculdade foi natural para Helena se envolver com o movimento feminista. Havia na Câmara dos Deputados um estudo sobre a situação da mulher casada no Código Civil. As mulheres se insurgiam contra a legislação que submetia mulheres casadas à tutela do marido. A luta era para que fosse elaborada uma legislação que ampliasse os direitos da mulher. Helena não presenciou esse tipo de submissão em casa, Eva e João sempre tomavam as decisões em conjunto, tinham uma parceria de sucesso para a criação das filhas, a rotina financeira da família, se entendiam muito bem. Para ela todos os lares deveriam ter a mesma dinâmica.

Apesar do projeto de lei do Código Civil ter sido apresentado ao Congresso Nacional em 1951, somente em 1962, depois de muita pressão dos movimentos feministas, a tutela dos maridos sobre as suas esposas acabou, as mulheres deixaram de precisar da autorização do marido para trabalhar fora de casa, receber herança, ou viajar. Nesse cenário João iniciava um movimento de se aproximar de Enrique, conversou com Eva e sugeriu trazer o menino, que já estava com doze anos, para visitar a família

Quantas vidas cabem em mim? 43

em Foz e conhecer as irmãs. Conseguiu uma carona de um amigo que vinha de Curitiba no feriado de sete de setembro. João, Eva e as filhas receberam Enrique com muita alegria, levaram para conhecer as Cataratas e houve uma sinergia natural, transcorrendo tudo em harmonia, quem sabe um primeiro passo para que João tivesse coragem de reconhecer oficialmente o filho, o que até então não tinha feito.

Durante a faculdade Helena ficou amiga de Renato, filho de Sara. Há anos a família não tinha mais notícias da ex-empregada e da criança. Na escuta dos acasos, o reencontro. De início Renato e Helena não sabiam que já tinham em comum as roupinhas do tempo de bebê. Mas, um dia João foi buscar Helena na faculdade e foi apresentado pela filha a Renato. João adorava conversar com os amigos de Helena, nessa conversa informal em frente do portão da faculdade Renato falou que o nome da mãe era Sara e descobriram a coincidência. João abraçou Renato e ficou muito feliz que ele e Helena estavam fortalecendo laços de amizade.

Helena e Renato integravam uma turma que organizava saraus e movimentos culturais na cidade. Artistas diversos, filósofos, intelectuais. Renato era artista plástico e desenhava histórias em quadrinhos sobre política no jornal local. Numa noite estavam reunidos na casa de Renato com um pequeno grupo, aos poucos as pessoas foram se despedindo e sobraram apenas Renato e Helena animados num bate-papo sobre literatura. Helena estava lendo *Um teto todo seu*, da Virginia Woolf. Os olhos de Helena brilhavam ao compartilhar seu encantamento com a autora:

— É um ensaio em que ela disserta sobre o tema "as mulheres e a ficção". Fala sobre o que é necessário para que uma mulher escreva ficção. Ela diz, em resumo, que a mulher precisa ter um lugar sossegado para escrever e certa independência financeira. É por isso que eu não quero depender de ninguém nessa vida, quero ter meu tempo e meu dinheiro usados de acordo com a minha liberdade.

— Interessante! Marx tem um entendimento semelhante, ele diz que um povo para ser livre, não pode servir apenas às suas necessidades corpóreas, precisa ter tempo para poder criar e fruir espiritualmente.

— Ah! E tem mais, a Virginia fala sobre a "alegoria do espelho". A mulher ao longo da história, na visão de Woolf, interpreta o papel de um espelho que serve para refletir a imagem engrandecida do homem. Um absurdo, né?! Mas, verdade se a gente olhar à nossa volta. A mulher está sempre diminuída em relação ao homem.

A entonação da sua voz se aquecia a cada frase proferida, deixando transpirar por seus poros o tesão que a leitura e o movimento feminista lhe provocavam. Renato ao ouvir a amiga era envolvido pelo tesão, desejava estar mais próximo dela, tocar sua pele, sentir a conexão de seus poros. Helena serviu mais uma taça de vinho dizendo:

— Mas, enfim, isso é assunto para um seminário. Me diga, o que você está lendo, Renato?

Renato estava lendo O Capital, de Karl Marx. Discursou sobre o modo de produção capitalista e fez severas críticas à econômica política, como se fosse o próprio Marx. Tinha tanta segurança e convicção em seus ideais que despertava em Helena uma admiração sem precedentes. Admiração tamanha, que lhe confundia, criava dile-

Quantas vidas cabem em mim? 45

mas morais em seu íntimo, ao ponto de Helena decidir ir embora e encerrar a noite, para evitar qualquer ato do qual fosse se arrepender depois.

Helena tinha um namorado à época, Bernardo, fato que a impedia de pôr à prova a tensão sexual subentendida nas longas conversas literárias com Renato nas noites quentes da fronteira. A educação católica colocava uma etiqueta de pecado nesse movimento. Não podia trair Bernardo. Sequer podia sentir desejos por Renato e Bernardo ao mesmo tempo. Não queria ser como o seu pai, não queria ceder aos impulsos sexuais que entorpeciam seus sentidos. Era com Bernardo que deveria satisfazer seus impulsos, era com ele que Helena queria estar, manter o vínculo afetivo, sonhar em formar uma família. Renato deveria ocupar o lugar seguro de amigo. Ficava muito confusa, tinha dificuldades em nomear e diferenciar o que cada um deles despertava nela. Sentia-se culpada por amar Bernardo e sentir-se atraída por Renato.

Helena e Bernardo escreviam na revista Canhota. Bernardo sobre política. Helena sobre cultura. Foi seu primeiro namoro sério. Bernardo era alto, esguio, vestia-se de forma muito casual e tinha uma fala envolvente, seja qual fosse o assunto parecia estar sempre seduzindo quem o ouvia. Seduziu Helena no primeiro encontro, dizia ter se apaixonado primeiro pelos ombros de Helena, que com frequência estavam à mostra. Tinham uma química forte e não escolhiam lugar para entregar-se aos desejos do corpo, nem a redação da revista escapou. Mas, quando se reuniam com a turma do trabalho, ou a turma da faculdade de Helena, com frequência Bernardo se exaltava nos seus posicionamentos, falava como se estivesse num palanque, chamava a atenção de todo o grupo para si. Nunca sabia o momento de parar. Era comum Bernardo se exceder nas cervejas. O desequilíbrio no consumo da bebida foi tornando a convivência social cada vez mais difícil. Helena precisava insistir muito para irem embora dos eventos sociais, brigavam, e ele sempre invertia os fatos e responsabilizava Helena pelas brigas, se colocava no papel de vítima, a colocando como adversária dele, quando seu objetivo era que ele tivesse uma relação mais saudável com a bebida. Helena olhava em seu entorno, colegas de trabalho, muitos com os mesmos hábitos de Bernardo, parecia natural no meio jornalístico, e ela sentia-se deslocada, desencaixada desse mundo, ao mesmo tempo em que esse mesmo mundo a atraía.

A paixão avassaladora que Bernardo demonstrou ao longo dos primeiros anos de relacionamento foi dando lugar às desculpas das mais diversas para cancelar compromissos com Helena. Essa mudança de comportamento do namorado gerou desconfianças em Helena. Mas, quando questionava Bernardo, ele sempre a convencia de que ela estava pensando bobagens. Até que um dia a desconfiança tornou-se fato consumado. Helena encontrou na mesa de trabalho de Bernardo um cartão postal enviado por uma moça, Ximena, uma correspondente internacional espanhola da revista Canhota. Ximena tinha estado alguns meses no Brasil. Helena confirmou com um colega da revista que Bernardo e Ximena viveram intensos dias de prazer enquanto ela esteve no país.

Helena reviveu as dores da mãe, reviveu aquele domingo em que flagrou o pai com outra. Aquela primeira traição, apesar de ter sido à sua mãe permanecia dentro

Quantas vidas cabem em mim? 47

dela, como se ela fosse a mulher traída, quando era apenas uma menina incapaz de processar o caos da vida adulta. Agora, a traída era ela mesma. Diferente de Eva, Helena não perdoou, não silenciou.

Helena sempre foi de fazer o certo. O certo social, o certo das leis, buscava seguir as regras, fazer apenas o que era permitido. Naquele momento, a regra era de que as relações deveriam ser monogâmicas, ela seguia a regra, seguia a mente e não o coração, ouvia os ensinamentos católicos mesmo que estivessem em conflito com seus sentimentos. Por que aos homens era permitido infringir as regras como se isso fosse natural ao gênero masculino? Por que as regras eram diferentes para homens e mulheres? Por que mulheres que tinham mais de um relacionamento eram consideradas putas? Por que com relação aos homens as pessoas simplesmente fingiam que nada estava acontecendo?

Essas reflexões perseguiram Helena por semanas e ela vacilava entre procurar ou não Renato e consumar a tensão sexual existente nessa relação. Na faculdade evitava encontrar o amigo até que sua decisão estivesse tomada. Seguia sua rotina de aulas e preparativos para a formatura, fazia parte da comissão organizadora, queria deixar tudo perfeito. Contratou a melhor equipe de decoração para o baile, preparou seu discurso como oradora da turma de forma impecável. Ensaiou infinitas vezes em frente ao espelho. Não queria titubear em nenhuma palavra, pensava em cada pausa e entonação com cuidado. Buscava a musicalidade ideal para eternizar aquele momento na memória de cada pessoa que estivesse presente. Ensaiava com o pai, que envaidecido pelo talento da filha dizia que estava perfeito.

Quando os convites ficaram prontos decidiu procurar Renato, enfim, mostraria o convite e consumaria aquele sentimento que a inquietava. Mas, chegou na casa de Renato e foi surpreendida. Renato estava acompanhado, aos beijos no portão com uma moça alta e loira, cabelos longos e perfeitamente escovados, bem diferente de Helena, baixinha de cabelos castanhos indisciplinados. Sentiu sua autoestima vacilar. Chegou tarde demais, não entraria em uma nova história triangular. Esperou o casal entrar em casa e deixou o convite na caixa do correio. Voltou caminhando para casa, cabisbaixa, mas decidida a deixar os problemas do coração para outro momento. Agora era hora de celebrar a formatura tão esperada e planejada.

Ao chegar em casa encontrou João na sala lendo o jornal, sentou ao lado do pai animada para mostrar o convite de formatura pronto, ela tinha escolhido cada texto com primor. João apreciava o convite muito orgulhoso da filha, abraçou Helena com muito carinho e disse para a filha que estava vivo para presenciar esse momento tão importante na vida da família, estaria presente e Helena ouviria o coração do pai bem pertinho, ele estaria lá para dar um abraço forte, falar o quão orgulhoso estava dela e celebrariam a conquista do diploma com alegria.

Foi nesse período do fim da faculdade de Helena que as demonstrações de carinho de João foram ficando mais frequentes, ele abraçava as filhas, dizia o quanto as adorava, fazia cafuné, era um momento de muita amorosidade na família. Tanto Eva como João vieram de famílias que tinham como preocupação o trabalho duro no campo, não eram comuns em casa as demonstrações regulares de afeto, vez ou outra um abraço desajeitado, uma palavra de

Quantas vidas cabem em mim? 49

reconhecimento. Foram ao longo da vida aprendendo a demonstrar seu amor pelas filhas de outras formas. Quando a situação financeira da família melhorou as demonstrações de afeto passaram a acontecer pelos presentes. João sempre que viajava a trabalho trazia um sapato para Helena, pedia para a filha desenhar o pé numa folha de papel em branco para comprar o tamanho certo. Sempre acertava. Vez ou outra João aparecia com os bolsos cheio de dinheiro, compartilhava com as filhas e dizia para comprarem o que quisessem.

João e Eva trabalhavam duro, sempre deram o exemplo do trabalho e do estudo para as filhas. Economizavam para poder comprar o que era necessário sempre à vista, não faziam dívidas e ensinaram as meninas a só comprar quando havia dinheiro. Ao contrário da cultura da época, Helena, Raquel e Regina, não foram criadas para serem esposas, foram criadas para o mundo, para estudar, conquistar sua independência intelectual e financeira, foram ensinadas a fazer suas próprias escolhas de vida com consciência. Eva e João nunca disseram às filhas que profissão escolher, orientaram, mostraram as possibilidades, compravam livros e revistas, pagavam testes vocacionais, para que elas decidissem por elas mesmas, mas bem instruídas dos cenários e perspectivas. Fizeram um excelente trabalho, Helena, Raquel e Regina conquistaram carreiras estáveis, desenvolveram sua intelectualidade de forma brilhante.

Quando faltava pouco para a formatura de Helena, a turma da faculdade preparava os churrascos de despedida, de homenagens, e outros encontros sem razão aparente, o que importava era celebrar. Na última semana de provas, após entregarem as avaliações, a turma foi para a casa de um colega celebrar. Estava uma animação só. A presença era somente de colegas da turma. Mas, um casal de outra turma, muito próximo de Helena, apareceu de surpresa na festa. Helena ficou radiante, recebeu com muito carinho a amiga e o namorado. A radiância logo se desfez. A amiga estava com as feições pálidas, as mãos frias, teve dificuldade em contar o motivo da sua presença. Interrompia a própria fala, construía com cautela as frases, até que, enfim, disse à Helena que precisava dar uma notícia muito difícil.

— Não foi nada com o meu pai, foi?!

— Foi.

— Ele não morreu?! Morreu?!

— Morreu.

Helena soltou um grito de dor ao mesmo tempo em que os joelhos se dobravam e o corpo cedia ao chão. Helena sentia-se caindo num abismo, num vazio infinito de silêncio, onde os ruídos da festa foram ficando mais e mais distantes. Em frações de segundos sentiu a esperança do milagre, o desejo do milagre, o desespero pelo milagre. Então, a dor do luto. Chegou em casa junto com o carro funerário, na cama da suíte do apartamento estava João deitado, com a camisa aberta e o peito rabiscado de vermelho, revelando o mapa indecifrável da morte consumada. Eva resignada segurava sua mão esquerda. Helena segurou a outra mão. Olhou para mãe, tentando esquecer sua dor de filha e falou num esforço para acreditar nas palavras que ouvia ao dizer:

— Ele completou a missão dele, mãe, agora devemos seguir com a nossa.

Eva consentiu com o olhar.

Quantas vidas cabem em mim? 51

Impressionante como passados tantos anos a memória dessa cena é tão viva dentro de Helena quanto o dia de hoje. A morte do meu bisavô é um tema que minha avó sempre volta, parece que o luto por essa perda será vivido por ela até que a gente comece viver o luto quando ela partir. Por vezes, a saudade de Helena por João é tão grande que reviver negação, raiva, diálogo, depressão, aceitação parece natural. Quando não pareceu nada natural para minha avó, aos vinte anos, perder o pai que não chegou aos cinquenta.

Dias antes da morte de João, ele e Eva tiveram uma intoxicação alimentar, Eva recuperou- se rápido, mas João continuava amuado, como ele costumava dizer. Depois de chegar abatido do trabalho, sentou-se no sofá e chamou Helena e Regina para explicar como funcionava um processo de inventário. Parecia saber que estava muito perto de ficar muito distante das filhas. Explicou com riqueza de detalhes cada passo do processo para as moças, que tentavam desconversar o pai, achando que era desnecessário todo aquele vocabulário jurídico, mórbido, era só uma intoxicação alimentar, diziam ao pai. João parecia repetir o gesto da infância de Helena, quando jogou a filha na piscina para aprender a nadar sozinha, se afogando. Desde lá parecia ensinar Helena a aprender em braçadas solitárias chegar ao outro lado do rio. Helena sentiu ao longo da vida o olhar onipresente de João, e o incentivo "vai lá, você consegue, eu tô aqui se precisar, filha", gerando a sensação de que ele está sempre por perto acompanhando os saltos e mergulhos de Helena nas águas da vida.

No dia seguinte à conversa quando o sol já se escondia atrás da paisagem da varanda, Eva e Regina presenciaram a morte de João. Ele estava deitado no sofá da sala, começou a convulsionar, era uma espécie de tosse com gritos de agonia, parecia estar sufocando. Eva gritava pedindo ajuda pela janela, um vizinho médico apareceu, mas já não havia tempo, foi fulminante. Regina avisou à família, o círculo de amizade mais próximo dando a notícia. Raquel estava fora da cidade, para ela foi dito que o pai estava hospitalizado em estado grave e que ela deveria voltar para casa. Só soube da morte do pai quando chegou na manhã seguinte, ao ver as conhecidas da família que a buscaram na estação de ônibus soube que o pai havia partido. João morreu. Morreu do coração.

Eva achou por bem comunicar Ruth, afinal, era mãe de dois filhos de seu esposo. Enrique e João Jr. mereciam saber da morte do pai. Helena encarregou-se da tarefa, conversou com a mulher com tranquilidade e tristeza, e pediu que Ruth não viesse ao enterro, era uma exigência de Eva. Ruth demonstrou entender ao telefone, mas ignorou a exigência, apareceu sem avisar no velório. Para evitar constrangimentos, uma amiga da família que morava próximo do cemitério acolheu a mulher com os dois meninos durante o velório, somente Enrique presenciou as cerimônias. João foi enterrado com o terno impecável que havia comprado para a formatura de Helena. Joaquim e Maria vieram de Cascavel para se despedir do filho. Joaquim ao lado do caixão só repetia que era errado um filho partir antes do pai.

A família foi aos poucos e com muitos desafios retomando a vida. O escritório de João foi assumido por seu sócio, Wolfgang. O advogado tratou de encaminhar os clientes criminais de João para outros profissionais da área. Wolfgang atuava somente na parte trabalhista do

Quantas vidas cabem em mim? 53

escritório. Wolfgang também tentou receber valores de clientes que deviam para João, mas João não era muito organizado nos contratos, os valores de honorários a receber não tinham comprovação em documentos, apenas uma lista simples numa folha de papel, com o primeiro nome do cliente e o valor a receber. Impossível localizar os devedores. A família não tinha como receber nada, e era um valor bastante vultoso para a época. Eva dizia que Nossa Senhora mostraria os caminhos para que elas fossem compensadas por esse prejuízo.

Numa manhã de segunda-feira, semanas depois do enterro, Wolfgang chamou Helena ao escritório para tratar de alguns assuntos do pai. Helena deparou-se com um Wolfgang preocupado, parecia desconfortável com as informações que precisava repassar. Depois de algumas frases protocolares e rodeios de evidente inutilidade, revelou que foi procurado por uma mulher chamada Ester que dizia ter um filho de João. Era uma criança pequena, Márcio, não tinha nem dois anos de idade. Ester era esposa de um ex-cliente de João, o Dr. Wolfgang não sabia muito bem o histórico, ou não quis contar.

Helena, desapontada, queria odiar o pai por ter mais uma vez traído a mãe, ao mesmo tempo em que o amor que sentia por ele estava presente dentro dela, não entendia como era possível amar e odiar a mesma pessoa ao mesmo tempo. Não entendia como um homem tão bom como seu pai tivesse essa necessidade de buscar amor em outros lugares. A família com Eva não era suficiente para a felicidade dele?

Seu lado prático decidiu não contar à mãe e às irmãs a descoberta até que passassem as festas de Natal. Achou que viver o fim do ano em luto já era dor suficiente para a família, queria preservar seus afetos, permitir que as irmãs e a mãe vivessem o luto sem precisar sentir raiva do pai por mais esse ato desajuizado.

Passou os próximos dias recolhida nesse segredo, evitando conversas mais demoradas com a família. O recolhimento durou menos do que ela gostaria, alguns dias depois, Eva chamou as filhas para uma conversa. Contou que tinha sido procurada na escola por Renato. Depois do reencontro com Helena na faculdade, Renato tinha ficado bem próximo de Eva, o interesse pelos estudos e pela política tinha contribuído para a aproximação. Eva foi convidada por Renato para ser sua madrinha de formatura, aceitou o convite com amor, tinha pelo rapaz desde seu nascimento, quando repassava as roupinhas de Helena para a mãe de Renato, um carinho grande. Ao ver o afilhado Renato no portão da escola subiu um frio pela espinha de Eva, na troca de olhares que teve com o moço viu os olhos do esposo. Como ela não tinha visto isso antes? As palavras se fizeram desnecessárias, mas Renato precisava falar. Contou à Eva que duas semanas antes da morte, João o chamou em seu escritório, mostrou um artigo sobre uma legislação nova que regulamentava a paternidade. Contou que tinha dois filhos que viviam em Curitiba, que ele nunca havia registrado, disse que em breve iria formalizar essa paternidade, e emendou dizendo à Renato, com um certo constrangimento, que tinha quase certeza que ele também era seu filho. Renato trazia o artigo embaixo do braço e mostrou a Eva.

Helena, Raquel e Regina ouviam a mãe contar a história sem piscar. Quando Eva terminou, um silêncio inva-

Quantas vidas cabem em mim? 55

diu a sala por alguns instantes. O semblante das quatro mulheres ficou taciturno e cada uma a seu modo tentou compreender o que essa revelação traria para suas vidas. Helena estava com a mente revivendo cada instante em que se sentiu tentada a viver um romance com Renato, e se tivesse se entregado aos impulsos sexuais? Concluiu que o universo de forma sutil providenciou que o ato não se consumasse e as consequências dele não reverberassem com a descoberta que agora se apresentava. Voltou de seu devaneio, limpou a garganta e direta ao ponto disse "tem mais um". Eva, Regina e Raquel viraram-se para a irmã incrédulas. Helena contou os detalhes que sabia sobre Ester e Márcio, como Wolfgang havia lhe contado. Mais uma família de João. Disse à mãe e às irmãs que pretendia esperar passar as festas de fim de ano para revelar a descoberta, mas já que a mãe trouxe a revelação de Renato, Helena não tinha mais porque esperar. Eram sete as sementes de João crescendo no planeta. Helena, Renato, Raquel, Regina, Enrique, João Jr. e Márcio. Já não eram Eva e Ruth os amores de João, somavam- se a elas, Sara e Ester. Seriam Sara e Ester realmente amores? Ou apenas sexo casual? Na esposa, João fecundou três mulheres, com as outras mulheres gerou quatro homens. Seriam só esses ou descobririam mais ao longo da vida?

Diante da descoberta dos novos filhos, Eva decidiu se aconselhar com Wolfgang, tinha a intenção de conversar com as mães dos quatro meninos, fazer um acordo. O reconhecimento de filho havido fora do matrimônio e o direito de ação para ser declarada a filiação era recente no Brasil. Eva e as meninas não queriam uma batalha judicial, queriam resolver de forma amigável com as mães dos meninos, para que eles pudessem receber parte da herança deixada por João e também o nome e sobrenome do pai em seu registro de nascimento. Wolfgang orientou como a família de luto deveria proceder, se encarregou de mediar as conversas com Ruth, mãe de Enrique e João, e com Ester, mãe de Márcio. A conversa com o filho de Sara, Renato, que já era maior de idade, foi feita por sua amiga, agora irmã, Helena.

Helena marcou de encontrar Renato no campus da faculdade em que estudaram. Sentados no banco em que muitas vezes conversavam sobre movimento estudantil e literatura, reconheceram-se como irmãos, riram da possibilidade de terem se enamorado e concluíram que talvez a atração que sentiram um pelo outro era sinal do laço de parentesco que os unia.

Depois de muitos anos, quando Helena e Renato já estavam com seus quarenta anos, Renato contou a versão da mãe dele para o nascimento do filho. Sara teria sido assediada por João e sua libido sem controle, não conseguiu resistir às investidas do patrão. A repetida história do patriarcado, homens brancos heterossexuais subjugando mulheres em posição hierárquica inferior para satisfação de seus prazeres. Helena viveu o luto pela morte do pai escondendo sua dor, queria parecer forte para a mãe e as irmãs, ajudar com os afazeres práticos decorrentes da partida prematura do pai. Com a morte do pai, Helena assumiu a total responsabilidade pela sua vida, nunca mais alguém precisou lhe dizer o que fazer, o masculino que havia dentro dela se fortaleceu e o peso dessa maturidade racional prematura por muitas vezes pesou na jornada de Helena.

Quantas vidas cabem em mim? 57

Eva anunciava a dor de seu luto com irritação, impaciência. Já considerava as filhas adultas e dava cada vez mais liberdade à elas para tomarem suas próprias decisões, evitava opinar, se colocava como apoio para o que as filhas decidissem, mas não dizia a elas o que fazer, por onde seguir, seja na vida profissional, seja na afetiva. Helena algumas vezes sentia falta da mãe dizer o que ela deveria fazer, em outros agradecia à mãe por incentivar sua total independência.

Raquel e Regina fugiram da dor aprofundando-se nos livros, na vida acadêmica. Estudar muito foi a forma de anestesiar a ferida deixada pela perda do pai.

Dois anos após a morte do marido, Eva começou um novo relacionamento com um amigo da família, Dino, também viúvo. As famílias faziam parte de um movimento da Igreja Católica e a religião aproximou o novo casal. Foi justamente Dino quem havia sido responsável pela condução da cerimônia de corpo presente de João, na catedral da cidade, repleta de familiares, amigos e conhecidos.

Eva passou a visitar os sogros em Cascavel com o novo companheiro. Fazia questão de levar as filhas para Joaquim e Maria sentirem a presença do filho nas netas. É contra a lei da natureza um filho ir embora antes dos pais, repetia Joaquim com os olhos marejados de saudades. João foi o único filho com curso superior na família, advogado, orgulho de Seu Joaquim ter um filho "dotô". Para Joaquim e Maria, Eva tornou-se sua filha, e Dino seu genro.

Eva seguiu na carreira de professora e teve a oportunidade de incentivar milhares de estudantes a dedicarem-se mais a leitura, a serem pessoas mais conscientes de seus direitos e, em especial, buscarem realizar seus sonhos. Já no final da sua jornada ensinando, Eva trabalhava numa instituição que atendia menores em conflitos com a lei. A sala de aula era numa das celas da instituição.

Numa daquelas tardes muito quentes de Foz do Iguaçu, Eva entrou na sala carregada com materiais para confecção de cartazes. Tinha planejado trabalhar com os alunos a interpretação da leitura do mês em forma de arte. As cartolinas eram coloridas e cada aluno poderia escolher a sua. Eram apenas cinco alunos. Os lápis de cor eram cortados pela metade, para ficarem bem pequenos e evitarem de ser usados como arma pelos adolescentes. Enquanto Eva organizava o material na mesa, um dos internos aproximou-se por trás, agarrou os braços de Eva e os manteve firmes nas costas da professora. Eva achou que fosse uma brincadeira, os alunos a tinham como avó e a tratavam muito bem, perguntou ao garoto o que ele estava fazendo. Ele respondeu envolvendo o pescoço de Eva com a mão que ainda estava livre, e apontava para sua jugular uma lâmina improvisada com o cano do chuveiro, que foi lixado até ficar pontiagudo. Fez-se a rebelião nas outras celas. Os outros quatro alunos permaneceram sentados no fundo da sala, sem interferir. Eva não reagia, tentava acalmar seu agressor mesmo com seus nervos em colapso, desfiava o rosário na lentidão das horas em silêncio, suplicava Ave Maria, confiava na proteção de Nossa Senhora, sua santa de devoção. O aluno rebelde dizia para ela ficar quieta senão ele a sangraria, dizia que não era ela o alvo, que era o professor de ciências, mas a situação saiu de controle. Eva ficou pouco mais de uma hora refém, pareceram dias. A segurança da instituição conseguiu controlar a situação e libertar Eva. O trauma da experiência marcou o fim

Quantas vidas cabem em mim? 59

da carreira de professora. Eva tirou uma licença de saúde para recuperar-se e, quando estava prestes a retornar à sala de aula, sua aposentadoria trouxe o alívio final.

Após a aposentadoria, Eva passou a dedicar-se ao artesanato, pintura em tecido e em tela, crochê, bonecas de pano. Foi inclusive convidada a ser voluntária numa casa terapêutica, ensinar sua arte para outras mulheres. Ser professora era mesmo sua vocação.

Capítulo quatro

Helena passou toda sua juventude e boa parte da idade adulta acreditando que precisava completar uma missão, descobrir qual era o propósito da sua existência nesse planeta. Sua jornada em busca dessa missão foi trilhada com determinação, mesmo sem saber se tal missão realmente existia. Muitas vezes sentia que tateava na escuridão de um casulo em busca da luz. Quando se tornaria borboleta? Somente na maturidade foi que sua mente serenou, e concluiu que sua missão era apenas viver em harmonia, independente de qualquer circunstância, espaço, tempo e lugar. Fez-se presente em seus dias o entendimento de que o ciclo ovo, lagarta, crisálida e borboleta, de tempos em tempos aconteceria, era o ciclo da vida se renovando a cada etapa a ser superada.

Minha avó conta que a curiosidade por entender os mistérios da vida nasceu com ela. Cresceu numa família católica e a espiritualidade teve grande significado em sua vida desde criança.

Aos cinco anos Helena já puxava o terço nas orações do bairro, foi catequista na adolescência e participou de movimentos católicos e retiros que tinham por objetivo, a partir da realidade concreta das pessoas, apresentar caminhos para viver o fundamental cristão nos ambientes em que faziam parte. Foi nesse movimento, que com apenas dezessete anos, deu sua primeira palestra pública, intitulada "O Sentido da Vida". Permaneceu ativa no movimento por mais de uma década, se tornou mensageira, coordenadora de retiros com dezenas de mulheres jovens em busca de sentido para a vida, quando ainda Helena dava seus primeiros passos na jornada de autoconhecimento.

É certo que "O Sentido da Vida" para minha avó naquela época era muito diferente do que é hoje. A espiritualidade trouxe muito mais perguntas que respostas, ao longo de sua caminhada tentando encontrar "O Sentido da Vida" percorreu caminhos que jamais podia imaginar aos dezessete anos, mas que permitiram a ela viver experiências tão enriquecedoras, quanto excêntricas, que impactaram sua forma de ver e compreender o mundo, e que fizeram diferença na sua forma de ser e estar no mundo.

Não suportava dormir e acordar com dúvidas, estava sempre em busca de respostas, da verdade crucial da vida e quanto mais respostas encontrava, mais questionamentos nasciam. Transitou ao longo da vida por diferentes religiões, ou tradições espirituais, como ela mesma prefere nomear, percebeu que apesar de pretenderem-se caminhos para a liberdade, verdade, iluminação, muitas vezes são as próprias religiões que nos colocam para dormir, sob uma fachada de nos fazer despertar. Por muito tempo imersa nas instituições espirituais afirmou verdades do mundo, e não as suas verdades, assim, escondeu e sufocou muitas vezes suas incertezas inquietantes.

O paradoxo seguir regras e construir o próprio caminho perturbou o sono de Helena por muitos anos. A curiosidade por entender a vida por suas próprias experiências e a obediência às fórmulas prontas, impostas por quem, em tese, já tinha a compreensão dos mistérios existenciais, angustiou Helena ainda com mais força nos momentos de desafios pessoais, como o fim do relacionamento com Bernardo, a morte do pai, a descoberta da existência dos irmãos.

A passagem lenta do tempo na construção da maturidade fez com que ela pudesse ter clareza e discernimento para entender que muitas regras sociais e também legais, nem sempre devem ser seguidas, porque são feitas numa cultura falha, criadas para atender interesses de quem as elabora, e na nossa sociedade, desde aquela época até os dias atuais, o poder de estabelecer o que se deve ou não fazer é dos homens brancos heterossexuais, na grande maioria das vezes.

Hoje, já despida de crenças sufocantes, vestida pelas dúvidas presentes, Helena encontrou sua própria natureza para além das interferências externas, e para além das respostas que deixaram de ser buscadas. A dúvida e a incerteza vivem em harmonia dentro dela. Aposentou a inquietude da mente que quer explicação para tudo, abriu espaço para o sentir. Parece que isso responde a pergunta "Qual é o Sentido da Vida?". Sentir a vida e se entregar à dança cósmica do universo.

As regras que durante muito tempo definiram os passos da minha avó, que desde pequena se incomodava com a transgressão, foram questionadas. A culpa que sentia quando fazia algo errado foram revistas. O incômodo com as pessoas que descumpriam regras passou a ser mais seletivo.

A saída precoce de João e Eva de casa em busca de encontrar uma vida diferente da que lhes seria predestinada junto à sua família de origem, transmitiu o mesmo espírito aventureiro à Helena. Com muita coragem e determinação João e Eva abriram caminhos para desenhar uma história diferente para sua geração, e assim abriram trilhas para que Helena também vivesse uma vida diferente na sua geração.

Após a morte do pai, a conclusão da faculdade, o fim de sua relação com Bernardo, Helena sentia uma tristeza que não gerava choro, uma frustração que não extravasava a raiva. Uma compreensão que não trazia paz. Helena sentia que sua angústia existencial lhe consumia, foram muitos processos e lutos para viver ao mesmo tempo, sua imunidade caiu, resfriou-se, o catarro do peito percorria a garganta e saltava pela boca sem levar embora a causa da inflamação. Precisava de algo maior que toda aquela dor para dedicar-se. Já haviam se passado dois anos da morte do pai, a mãe estava no início de um novo relacionamento, as irmãs estáveis encaminhadas nos estudos. Helena sentiu que precisava encontrar-se consigo, saber quem era a mulher que nascia nela depois de todas essas experiências. Procurou a chefia da Revista Canhota e convenceu seu editor a fazer uma série especial sobre as tradições dos povos originários da América, viajaria pela América Latina escrevendo a partir da sua própria convivência com essas culturas. A proposta foi aprovada e em poucas semanas Helena já estava pronta para partir rumo ao novo desafio.

Com a ajuda das irmãs Raquel e Regina, que estavam tão empolgadas quanto minha avó pela aventura, preparou uma mala pequena com itens essenciais que pudesse carregar sem dificuldade, pois precisava levar a Hermes Baby azul claro, a máquina de escrever portátil que pertenceu a Eva e agora seria usada para a escrita dos artigos de Helena para a revista durante a viagem. As irmãs a fizeram prometer mandar cartões postais de cada lugar que conhecesse. O roteiro da viagem de Helena começava com parte do milenar Caminho do Peabiru, uma rota mítica que unia o Oceano Atlântico ao Pacífico e teria sido aberta pelos Incas e usada pelos indígenas, antes da chegada dos colonizadores. O caminho cruzava o Paraná, passava pelo Paraguai, Bolívia, até chegar a Cuzco, no Peru, primeiro destino.

Helena percorreu o caminho e chegou a Cuzco maravilhada. Na hospedagem foi recebida com hospitalidade de casa de mãe. Na mesa da sala havia uma infusão de folhas de coca num vidro tampado. Na parede, um mapa com a indicação dos lugares próximos. A anfitriã fez questão de explicar tudo a Helena, e insistiu, não tenha pressa, a altitude é um desafio, as subidas pela cidade são muito íngremes. Pare, descanse, recupere o fôlego. Não tenha pressa, repetiu várias vezes. Ouça o seu corpo. Serviu o chá para Helena e falou sobre suas propriedades medicinais. A planta sempre foi sagrada na cultura Inca, em forma de chá, de leve amargor, ajuda a combater o chamado mal da montanha causado pelas grandes altitudes e ar rarefeito. Aplaca a fome, o frio e o esgotamento derivado das condições ambientais extremas, porque amplia a absorção de oxigênio pelo organismo.

Helena mal terminou o chá e foi visitar o mercado público. Dona Helena costuma dizer que se a gente quer conhecer sobre o local que visitamos é preciso visitar o cemitério e o mercado público, é lá que se conta a história

Quantas vidas cabem em mim? 65

de cada lugar. O mercado San Pedro de Cuzco renderia muitas teses de antropologia. Helena estava maravilhada com a diversidade de medicinas naturais e a beleza dos artesanatos coloridos, impressionada com os fetos de lhama pendurados nas barraquinhas para serem usados em rituais como oferendas. As bancas de sucos eram atração aos olhos e ao paladar. Uma infinidade de combinações que dificultavam a escolha de Helena. Seu estado mental também atrasava a decisão. Helena não tinha dormido bem nos últimos dias, teve muitos pesadelos. Os estímulos da cidade, cores, sons, altitude se contrapunham à sua necessidade de recolhimento por ter entrado no período menstrual. Seus desejos eram conflitantes, o corpo queria descanso e a mente queria o movimento.

Sentou para decidir sua mistura de frutas. Da banca ao lado, ouvia duas mulheres conversando em inglês. Falavam de um encontro que aconteceria nas próximas semanas no Vale Sagrado dos Incas, um pequeno vilarejo chamado Pisac, a menos de uma hora de Cuzco. Helena enturmou-se e pediu mais detalhes. Seriam quinhentas mulheres, de trinta países, num só rezo pela cura da Mãe Terra, conduzido por doze *abuelas*/anciãs/*grandmothers* numa Convergência Intercultural de Mulheres. Helena animou-se com o evento, daria um excelente artigo para a revista. Cura! Uma palavra que abarca tantos sentidos, se expressa em infinitas formas, traduz inúmeras maneiras de (pro)curar paz. A paz no corpo, na mente, no espírito, nas relações, na natureza. Helena passou alguns dias percorrendo sem pretensão as ruas de Cuzco, respeitando o corpo e deixando que ele fosse se acostumando com a altitude, tocou as pedras que formavam as antigas construções incas da cidade, observou o vai e vem das pessoas vestidas de roupas bordadas coloridas e foi aos poucos tornando-se parte da paisagem, escreveu sobre suas primeiras impressões na cidade histórica e preparou-se para a viagem a Pisac.

O encontro no Vale Sagrado dos Incas tinha como propósito fortalecer um rezo de cura planetária. As cerimônias de cura trouxeram saberes ancestrais de vários continentes, honraram as sete direções, os elementos da natureza. Em suas línguas maternas, sem tradução, cada *abuela* conduzia as mulheres ali reunidas por frequências que dispensaram qualquer entendimento racional. Guiadas por seus corações e saberes de países, culturas, idiomas tão distintos, falavam a mesma língua, a do amor.

O altar onde as cerimônias eram conduzidas tinha o formado de uma Chakana, palavra Quéchua para expressar ponte para o alto. A Chakana é a cruz Inca, de inúmeros significados e interpretação profunda da vida. Representa uma escada de quatro lados, formando um quadrado. As partes maiores são os quatro pontos principais que simbolizam as quatro estações do ano (primavera, verão, outono, inverno), os quatro elementos fundamentais da vida (terra, água, fogo e ar) e os quatro pontos cardeais (norte, sul, leste, oeste). Ao todo, a cruz possui doze pontos, que são divididos em terços, esses terços são a representação dos três mundos: o mundo inferior, que é o mundo dos mortos e tem como símbolo a serpente; o mundo em que estamos, mundo dos vivos, representado pelo puma; e o mundo superior, dos espíritos, que tem o condor como símbolo.

A Chakana da Convergência foi construída com pedras colhidas das margens do rio Urubamba. Ao centro

Quantas vidas cabem em mim? 67

da cruz havia uma fogueira, e ao redor do fogo ficavam as *abuelas*. Por fora, em volta da Chakana, estavam círculos formados pelas demais mulheres, alinhados por galhos de eucalipto, criando uma grande mandala viva, palco para experiências tão fortes que minha avó diz faltar palavras para descrevê-las.

O primeiro elemento a ser honrado foi o fogo, as mulheres se vestiram de laranja e vermelho, levaram cinzas de fogos sagrados de suas cidades, que foram unificadas e abençoadas. Na intenção de queimar, transmutar, ressignificar e permitir que o novo surgisse, honraram, celebraram e viveram a medicina do fogo. Minha avó não tinha cinzas do Brasil para ofertar, acabara de saber da cerimônia, não conseguiu preparar os elementos com antecedência. Mas, conheceu uma americana na cerimônia que morava no nordeste do Brasil, ela ofereceu um pouco das cinzas que trazia para que minha avó também pudesse fazer sua oferenda. A cerimônia do fogo foi conduzida pelas *abuelas* da Namíbia e da Guatemala.

Na parte da tarde reuniu-se o conselho de *abuelas* para falar sobre o fogo, cada anciã trouxe sua palavra sobre o fogo. Minha avó lembra da analogia feita entre o fogo da cozinha e a mulher. As chamas do fogão são os ovários que dão a vida, que tornam a mulher guardiã do fogo do amor. Para conhecer o fogo é preciso se queimar, somente depois de virar cinza é que o renascimento é possível. As mulheres são o fogo que dá a vida e o fogo que tira a vida, é preciso saber regular a altura da chama. A *grandmother* da Austrália contou que em seu país sempre que um bebê nasce é feito um fogo para aquecer pedras, depois nas pedras quentes é colocada a planta *lemongrass* que exala seu aroma e abençoa a criança que nasceu. A *abuela* da Espanha comparou o fogo ao prazer, às paixões. Disse que o fogo e a paixão estão dentro de nós, não é algo que vem de fora, que possa ser despertado por alguém, é algo que é nosso, que o maior prazer que uma mulher pode ter é o que oferece a si mesma, sem desrespeitar seu templo. Cabe a nós mulheres acendermos nosso fogo e, então, compartilhar com nosso afeto, companheiro, companheira. Ter orgasmos é nosso direito de nascimento. Nos tiraram o prazer para que perdêssemos nosso poder interno. Precisamos acender nosso fogo interno todos os dias. A compaixão virá em consequência, a paixão compartilhada, o desejo de que todas as pessoas deixem de sofrer. Helena ouvia cada ensinamento em estado de êxtase.

Ao anoitecer, numa nova celebração do fogo, conduzida por uma *abuela* nascida na Argentina e radicada na Espanha, foi feito um labirinto com velas. As mulheres caminharam por entre as velas em direção ao centro do labirinto, experimentando o seu próprio caminhar pela vida, atentas aos passos, ao corpo, à respiração, à velocidade da caminhada, e foram convidadas a observar o que se manifestava na mente, o ritmo que estavam dando em suas jornadas pessoais, e ao final, a constatação clara emergiu no íntimo de Helena, chegar ao centro do labirinto é muito mais um se encontrar do que um se perder. Após a cerimônia, cada mulher podia pegar uma das velas que formavam o labirinto e levar para casa, deveriam finalizar a queima ao estar de volta ao seu país. Helena queria levar a vela, mas também preocupava-se com a bagagem que carregaria, não sabia quando chegaria em casa, por fim, o volume era pequeno, de peso ínfimo, decidiu pegar a vela,

Quantas vidas cabem em mim? 69

retirou o suporte que a protegia para reduzir o volume, embalou num pedaço de papel, encontrou espaço na mala para o precioso objeto.

No segundo dia o elemento honrado foi a água, as mulheres vestidas de azul mais uma vez construíram a mandala no entorno da Chakana. Minha avó colheu dos céus um pouco da chuva que caiu na noite anterior para levar como oferenda. Os corpos das mulheres foram convidados a fluir como um riacho em direção ao centro da Chakana para oferecer a água, foi um momento de energia muito forte, quinhentas mulheres movendo suas águas, liberando suas emoções, nesse lindo propósito de cura as lágrimas vieram ininterruptas celebrar o elemento e assim muita liberação de emoções aconteceu. Helena chorou copiosamente. Nessa oferta das águas muitas mulheres também ofertaram sua lua, o sangue menstrual preparado em tintura ou em pó. Helena nunca tinha ouvido falar desses preparos e ficou curiosa em saber o que seria feito com esse sangue. A lua depois de unificada foi devolvida à terra num espaço cerimonial preparado em especial para isso, aos pés de uma árvore adornada com tecidos vermelhos e circundada por grãos coloridos. A cerimônia da água foi conduzida pelas *abuelas* da Austrália e dos Estados Unidos.

No dia de honrar a terra, minha avó pediu ao dono da hospedagem se podia coletar um pouco de terra do jardim, onde havia um canteiro lindo de *azucena* peruana, conhecida como o Lírio dos Incas. O homem consentiu e assim, vestida nas cores do dia, ouro e amarelo, minha avó foi em direção à Chakana, refletindo que terra sagrada é toda e qualquer terra que há nessa Terra! Honrando a terra onde foi celebrada a cerimônia, três *abuelas* do Peru conduziram o trabalho. Uma delas, a mais anciã de todas as mulheres ali reunidas, era uma lenda viva do Peru, com o título de *Altomisayoc*, que representa a máxima mediadora do contato direto com as forças da natureza e do cosmos. Representa o poder de cada elemento da Mãe Terra. Na tarde desse dia ainda houve uma linda cerimônia mapuche, conduzida por duas das *abuelas* do Chile. O povo mapuche é símbolo de resistência, nunca se rendeu aos ataques de invasores desde o final de 1800. Os mapuches acusam o Estado e companhias privadas de tomarem sua terra ancestral, drenando seus recursos naturais e usando violência indevida contra o povo. As comunidades mapuches estão entre as mais pobres do Chile. (Em 2017, a então presidente do Chile Michelle Bachelet pediu perdão ao povo mapuche pelos erros e horrores cometidos ou tolerados pelo Estado.)

No dia de honrar o quarto elemento, o Ar, vestidas de branco as mulheres ofereceram plumas de pássaros, seu alento e cantos ao altar. Minha avó que não tinha pluma para ofertar, ao estar diante do recipiente que colhia o elemento, inspirou profundamente pelo nariz e soltou o ar devagar pela boca desejando que todo o amor que ela carregava no coração pudesse se unir ao amor das demais mulheres e levasse cura por onde fosse necessário. A cerimônia foi conduzida pelas *abuelas* do México e do Chile. Além da cerimônia de unificação do elemento Ar, nesse dia, juntas em peregrinação pelas ruas da cidade, as mulheres abençoaram com seus cantos e tambores o vilarejo de Pisac, seus moradores, sua ancestralidade, seus visitantes. Na benção à cidade abençoaram também a si mesmas, ao Ar que anima e dá vida a tudo.

Quantas vidas cabem em mim? 71

Ao terminar a caminhada pela cidade, Helena e mais seis mulheres que conheceu em Pisac foram visitar uma loja de artigos tradicionais da região. A dona da loja, conhecida como La Mochica, era uma mulher medicina nascida no Vale Sagrado que conhecia de forma magistral o uso de medicinas naturais e saberes ancestrais da cosmologia Inca. Para a surpresa e contentamento do pequeno grupo, Mochica as presenteou com um pedaço gigante de *palo santo*, madeira usada como incenso natural. A extração do verdadeiro *palo santo*, com boa qualidade aromática, explicou a mulher medicina, é feita retirando-se parte do tronco de árvores que morreram de forma natural e ficaram por até dez anos curando na natureza.

A madeira deveria ser dividida em sete partes. Minha avó Helena assumiu a missão de cortar o *palo*. Agarrada à medicina como se fosse um bebê saiu pelas ruelas de Pisac em busca de uma solução. Numa *ferretería* encontrou uma machadinha, tentou partir a madeira preciosa, mas lhe faltou força para o trabalho. Pediu ajuda ao ferreiro dono da loja, que fez a divisão com facilidade. Depois minha avó organizou com equidade as sete partes das porções mágicas de *palo santo* e entregou às novas amigas. Da porção recebida por Helena ainda há um pequeno graveto, que ela guarda até hoje embaixo do seu travesseiro.

No último dia de cerimônia da Convergência todos os elementos unificados foram distribuídos entre as mulheres presentes, que levaram para casa um porção de cada elemento abençoado pelas *abuelas* e por todas as mulheres que atenderam ao chamado e fizeram o encontro acontecer com tanta força e majestade. Minha avó ainda tem os elementos dessas cerimônias em seu altar.

Um dos aprendizados que Dona Helena compartilhou comigo é o aprendido em sua última entrada na Chakana, ia com alegria colher a parte que lhe cabia dos elementos. Nesse momento, teve uma grande oportunidade de rever conceitos. O elemento água foi repartido em conta-gotas e ela ganhou de volta nem dez por cento da água que ofertou. A mente julgadora reagiu em desapontamento, se havia tanta água no pote principal porque ela estava recebendo tão pouco? Por que ela estava recebendo tão menos do que ofertou? A oferta não deveria ser multiplicada? Um tempo de reflexão depois veio o entendimento; as gotas de água da convergência poderiam ser por Helena multiplicadas, bastava misturar com outra água pura, que ela encontraria com certeza pelo seu caminho nos países que viriam a seguir.

Ainda sem palavras para descrever tudo o que viveu em Pisac minha avó seguiu viagem. Novo destino, a montanha de Machupicchu. No trajeto até o ponto de encontro com o guia que a levaria ao Caminho Inca, Helena viveu mais uma aventura inesquecível; viu na estrada o vôo de um condor, o imenso pássaro que pode chegar a três metros de envergadura de uma ponta a outra das asas e que hoje corre risco de extinção. Alguns ainda são encontrados em santuários de proteção, mas é raríssimo vê-los livres pela natureza. Helena, ao encontrar o guia que a acompanhou pelo caminho feito pelos Incas à cidade de pedras, ainda estava atônita com a visão do pássaro exuberante.

Foram oito horas de caminhada até a cidade Inca, foi o primeiro *trekking* da vida da minha avó. Em muitos momentos ela achou que não conseguiria chegar. Nos momentos de maior fraqueza, se voltava para cada passo

Quantas vidas cabem em mim? 73

a ser dado, pensando apenas no degrau da vez, e assim foi, *step by step*. Durante a subida, não sabe se fruto do cansaço ou do intenso trabalho espiritual que viveu no Vale Sagrado dos Incas, via rostos de animais, pessoas, guardiões por todo o caminho, as imagens se formavam no chão, nas folhas, nos galhos das árvores, pedras e, em especial, nas montanhas que compunham o horizonte do seu olhar. Helena sentia a natureza olhando por ela, amparando seus passos e dizendo que estava com ela, que ela conseguiria chegar ao topo.

No Caminho Inca, cerca de duas horas antes de Machu Picchu, chegaram ao parque arqueológico Wiñaywayna que significa "Sempre Jovem", é também o nome da flor que está por todo o caminho e floresce em todas as estações. O parque tem mais de trezentos degraus conectando os níveis que o compõem. É um impressionante complexo com centro agrícola de grandes terraços, setor religioso dedicado ao arco íris, fontes de águas únicas, onde ainda hoje alguns xamãs realizam cerimônias secretas. Foi o lugar perfeito para Helena e o guia descansarem, ela aproveitou para contemplar em silêncio as montanhas andinas, repousar suas impressões sobre o caminho que percorreu e na simplicidade agradecer pela experiência de estar ali.

Próximo ao parque havia uma linda cachoeira e Helena teve a oportunidade de coletar água nessa montanha sagrada para misturar com a água que recebeu na cerimônia em Pisac, criando o símbolo do aprendizado de que quantidade nem sempre é medida de valor, que é preciso agradecer ao que se tem para que a abundância aconteça, que é necessário antes unificar, para, então, compartilhar.

Helena chegou ao final das exaustivas horas de caminhada com mais aprendizados do que poderia imaginar. Ao alcançar a Porta do Sol e ver Machu Picchu pela primeira vez, a sabedoria veio acompanhada de um choro incontrolável. As palavras lhe faltam para descrever a experiência, cada vez que a presencio contando essa viagem para alguém, minha avó começa a sentir um calor pelo corpo, que transparece nas gotículas de água que se formam na sua testa, no acelerar das frases, no aumento do tom de voz. Quando ela conclui, deixa seu olhar ir longe, parece que não está mais conosco, voltou à montanha sagrada dos Incas.

No segundo dia em Machu Picchu também havia *trekking*. Menos tempo de caminhada, uma hora e quarenta minutos, mas, o caminho foi muito, muito, muito mais íngreme. Helena e o guia começaram a caminhar cinco da manhã para aproveitar melhor o dia na cidade Inca. Em certo ponto da subida suas pernas hesitavam, passos erráticos denunciavam a fadiga. Sentou numa pedra, chorou sal grosso, frustrada com a ideia de que não conseguiria chegar até o final. Então, o guia que a acompanhava lhe disse *take your time, you can do it*, o homem tirou da mochila um pequeno frasco com água florida, uma alquimia peruana feita de flor de laranjeira, colocou algumas gotas na palma da mão de Helena, falou para que ela esfregasse uma mão à outra e depois levasse as mãos em concha às narinas, e aspirasse o aroma. Helena seguiu as instruções e sentiu mais vigor para continuar, recuperou o fôlego, subiu devagar, alguns degraus acima encontrou um pedaço de madeira, o tomou como bastão, cajado, dando apoio em cada passo, o bastão a levou ao topo, foi sua medicina, como ela gosta de dizer. Chegando nas ruínas o devolveu à Pachamama, agradecendo e oferecendo três folhas de coca, como é o costume Quéchua. Assim, superou mais um desafio e desfrutou da incrível energia das montanhas andinas e da viva ancestralidade Inca.

Capítulo cinco

Helena voltou a Cuzco para escrever o artigo sobre essa etapa da viagem, ficou alguns dias na cidade até concluir e enviar o trabalho para a revista. Nesse período fez amizade com um casal de chilenos que estavam viajando ao Equador para participar de uma cerimônia ancestral em Urcupacha. Ao ouvir os detalhes da experiência relatada pelo casal, uma mistura de curiosidade com "deus me livre" se confundia dentro de minha avó. A Busca da Visão é uma cerimônia ameríndia vivenciada por povos de diversas etnias, onde a pessoa se retira para a natureza, em isolamento, jejum de palavra, alimento e água, vestindo apenas a roupa do corpo. São quatro dias e quatro noites na montanha. O casal já havia feito a Busca e estava indo para trabalhar como apoio na cerimônia. Havia um olhar sereno e uma sabedoria transbordante na fala daquelas pessoas que despertaram em Helena o desejo de também viver essa experiência, mesmo com todos os receios de ficar sozinha na floresta sem comer e nem mesmo tomar água. O casal explicou o ritual com tanta suavidade que não restou qualquer colorido de dúvida, a decisão tomou Helena por inteiro, ela sabia que seu próximo destino estaria naquela montanha do Equador. Mas, Helena não podia partir junto com eles, precisava terminar e enviar o artigo sobre o Peru para a revista antes da nova aventura.

Quantas vidas cabem em mim? 77

Dias depois pegou um ônibus até Quito e de lá, numa camionete com manutenção mecânica duvidosa, rumou para Urcupacha. Enfrentou um trânsito terrível em razão de um acidente grave na estrada. Trajeto exaustivo, estrada estreita, caminhos desconhecidos, num estado de atenção, alerta e sensibilidade contínuo. Sentia suas forças se esvaindo a cada quilômetro. O cansaço de dez horas viajando em condições estressantes dizia à Helena que a Busca da Visão já havia começado antes mesmo da chegada. Os movimentos para ir além da matéria e conectar com o infinito exigem a transposição de desafios, foi o primeiro aprendizado da minha avó nessa jornada.

Encoberta pelas brumas do mistério, a montanha cravada nos andes equatorianos despertou a ambiguidade das emoções e sentimentos mais primitivos. Chegou a Urcupacha e deparou-se com o primeiro medo a ser superado. Para ir do acampamento até o lugar de cerimônias havia uma ponte suspensa sobre um rio. Cruzou sobre a correnteza pisando em madeiras amarradas por fios de aço, a ponte balançava fazendo com que minha avó parasse no meio da travessia com as pernas congeladas. Helena não sabia mais se seguia, se voltava, ou se pulava da ponte e desaparecia em meio às águas turbulentas. Atravessar o rio caminhando pelos pedaços de madeira amarrados, com as águas revoltas deslizando sob os pés instáveis a cada passo, exigiu que a mente insegura de Helena fosse domada com firmeza para concluir o trajeto.

Ao anoitecer foi feita a cerimônia de abertura da Busca no espaço principal de cerimônias, uma casa de rezo grande, redonda, com um grande fogo aceso ao centro. Logo no início da cerimônia foi servido um pó, uma farinha de

78 *Deise Warken*

cacto, de sabor amargo e odor que lembrava a erva de chimarrão popular no sul do Brasil. Um pote com a medicina ia circulando entre as pessoas, que colocavam o pó na palma da mão com uma pequena concha de madeira, deveriam ser colocadas quatro colheres, uma para cada direção. Helena observou as pessoas que a antecederam e percebeu que era melhor colocar uma quantidade pequena de cada vez, para não correr o risco de fazer uma grande montanha de pó, o que dificultaria engolir a medicina, como aconteceu com alguns rapazes antes dela que exageraram na quantidade e sofreram para engolir tudo.

Helena levou a mão a boca tentando colocar todo o pó de uma vez, lambeu o que sobrou na palma da mão e deixou esse elemento estranho descansar um pouco sobre a língua. Aos poucos o pó formou uma massa compacta na boca, a saliva foi humidificando o bolo até que ele pudesse ser engolido. Depois de ingerir a substância, Helena perguntou para o rapaz ao seu lado o que era, o equatoriano que demonstrava fazer uso do cacto há bastante tempo, sussurrou: Aguacolla, e fez sinal para que Helena se calasse, não era momento de falar. Depois que a cerimônia terminou, Helena procurou seus amigos chilenos que explicaram que o pó usado no ritual era um alterador de consciência, um cacto nativo das encostas andinas do Equador, Chile e Peru, conhecido como Wachuma e Aguacolla, entre muitos outros nomes pelas pessoas nativas. O cacto recebeu o nome de São Pedro dos colonizadores cristãos que conheceram essa planta nas Américas, numa alusão a sensação que a medicina traz de conectar-se com o céu. A medicina preparava as pessoas para subir a montanha para a Busca da Visão. Nessa tradição diz-se que as

Quantas vidas cabem em mim? 79

pessoas são plantadas na natureza para colher a natureza do coração e a medicina do cacto ajuda a conectar justamente com essa frequência universal do coração.

A cerimônia de abertura durou a noite toda, com pequenos intervalos para as pessoas irem ao banheiro. No primeiro intervalo, quando Helena saiu da casa de rezo no meio da madrugada e olhou para o céu, extasiou-se, nunca tinha visto tantas estrelas no infinito. A montanha era muito afastada da cidade, sem qualquer iluminação artificial por perto, permitia ver tantos pontos de luz no céu que o universo parecia estar ao alcance das mãos curiosas de Helena, teve vontade de recortar um pedaço do céu para fazer uma linda saia rodada.

No dia seguinte, antes do plantio na montanha, uma nova cerimônia, o Temazcal, uma cerimônia muito antiga, celebrada por diversos povos originários das Américas. É um banho de vapor. A origem do nome é Nahuatl, idioma falado pelo povo Mexica. Temazo é vapor, Calli é casa, Temazcal: casa de vapor. A tenda tem o formato arredondado, semelhante a um iglu. No centro da tenda há um buraco, que recebe pedras já aquecidas numa fogueira acesa em frente a tenda. Cada pedra ao entrar recebe ervas aromáticas naturais, que exalam as suas essências e propriedades curativas em contato com o calor. Depois a tenda é fechada, na escuridão total entoam-se cantos, a água é lançada nas pedras gerando o vapor. Esse processo estimula a eliminação de toxinas através do suor, realizando uma limpeza profunda. É o ventre da Mãe Terra, recriado num ambiente acolhedor, quente, úmido, escuro, seguro e muito amoroso, liberando o que não serve mais e abrindo espaço para um renascimento. É uma cerimônia de purificação completa do corpo físico, emocional, mental e espiritual, criada pelos nossos antepassados para nos conectar com o nosso coração, com a energia dos quatro elementos, das quatro direções e com nossas memórias ancestrais.

Para as pessoas que subiriam a montanha havia dois Temazcais, um separado para as mulheres que estavam no período menstrual, chamado de lua pelas tradições originárias. Helena recebeu seu sangue assim que pisou na montanha em Urcupacha, então participou do Temazcal da lua, onde somente mulheres entram na tenda de suor, compartilhando seus saberes, elevando umas às outras. A chegada do sangue também traçou o espaço que Helena ocuparia na montanha durante sua Busca. Não ficaria plantada direto na natureza, ficaria numa pequena casa de rezo, que não tinha paredes, apenas teto, na qual havia um pequeno fogo no centro, que deveria ser mantido aceso durante toda a Busca.

Depois do Temazcal, buscadores e buscadoras reuniram-se para receber as últimas instruções, nesse momento receberam um tabaco atado em palha de milho, representando o início do jejum, dali em diante nada entrava e nem saía de sua boca, exceto o ar. Minha avó e mais uma mulher que também estava no período menstrual subiram juntas, em silêncio, para serem plantadas na casa de rezo da lua. Não podiam conversar, nem interagir, inclusive evitavam a troca de olhares, se comunicavam poucas vezes, com gestos sutis, quando precisavam revezar o cuidado com o fogo. Depois da segunda noite, a mulher que subiu com Helena parou de sangrar e deixou a pequena casa para ser plantada em outro espaço, ao ar livre, na montanha. A partir daí era Helena, o bosque e o fogo.

Quantas vidas cabem em mim? 81

Cuidar do fogo sozinha durante duas noites e dois dias foi uma experiência transformadora para Helena. Por mais que a mulher medicina que conduzia a Busca da Visão tivesse tranquilizado as mulheres na lua de que tudo bem se o fogo da casa de rezo da lua apagasse, porque o fogo da casa principal das cerimônias estava sempre aceso, Helena não queria deixar que isso acontecesse, era sua única tarefa e seu senso de responsabilidade a impulsionava a cumprir com zelo.

Minha avó era a responsável em mantê-lo aceso, em alimentá-lo, para que ele também a nutrisse. Helena tem certeza de que o fato de não ter sentido fome e sede durante o jejum só foi possível porque o fogo a alimentava. Na primeira noite sozinha pensou, cuidar desse fogo deve ser como uma mãe que cuida de sua cria, com um sono leve, atenta às necessidades. Seria um teste para ela, estar em vigília mesmo sonhando, estar sonhando mesmo em vigília. A profecia de Helena se cumpriu, quando minha mãe nasceu, minha avó usou o aprendizado, seu instinto a acordava justo segundos antes de minha mãe choramingar querendo o peito.

No começo dos cuidados com o fogo, Helena levantava rápido e se sentia tonta, o jejum já mostrava seus efeitos. Depois começou a respeitar o ritmo do corpo, ia de cócoras ou de joelhos até a lenha, depois ao fogo, devagar, poupando energia, evitando a pressa. Assim foi também eliminando a pressa ao longo de sua vida. Eu nem cheguei a conhecer a Helena apressada, quando nasci minha avó já era um exemplo de sintonia fina com a vida, já tinha tirado as dores mais vultuosas dos ombros e a leveza era predominante em seus dias.

Na última noite na montanha chovia muito, fazia muito frio, a lenha era pouca, estava molhada, com casca, o que gerava muita fumaça. Helena estava apreensiva em como faria para manter o fogo aceso até ser colhida no dia seguinte. Deitou no chão e fez um rezo, "fogo, me diga como te alimentar pra que você possa me manter nutrida", iluminou-se a ideia de colocar pedras ao lado das brasas, para fazer uma pequena barreira e manter o calor mais tempo. Funcionou, poucas vezes precisou levantar durante a noite para colocar mais lenha. Também no puerpério aconteceu algo semelhante, minha avó conta que minha mãe quase não acordava durante a noite para mamar, era uma bebê muito tranquila e raras vezes despertava nas madrugadas.

O fogo ensinou e continua ensinando Helena a cuidar de si, a cuidar de minha mãe e a cuidar de mim. Helena me ensinou também a confiar no fogo. O fogo indica as setas que preciso ver para encontrar o caminho a seguir, sempre repete Helena.

Quando minha avó decidiu viver a experiência da Busca, apesar da segurança de que estava fazendo a escolha certa, os pensamentos se pré-ocupavam em divagar quais seriam seus maiores desafios na montanha. Imaginava que a sede seria seu maior desafio. Depois pensou que seu medo seria quando a noite chegasse. A subida para montanha se dá apenas com a roupa do corpo – que se resumia a uma calça, com saia por cima para as mulheres, três camadas de blusa, meia e roupa íntima. Helena se preocupava em ter apenas uma roupa íntima para quatro dias e quatro noites, estando na lua. E se a calcinha sujasse? Também queria levar cachecol, polaina, gorro, com medo do inver-

Quantas vidas cabem em mim? 83

no rigoroso das noites andinas. Queria saber se podia usar a água da higiene íntima para lavar seus óculos, quando mal sabia ela que ao iniciar a Busca guardaria os óculos porque não mais precisaria deles, a visão que buscava não seria encontrada pelos olhos.

Quando a experiência veio, foram outros os medos que a desafiaram. Tudo se apagou com a subida à montanha. Nada do que ela achava que seria desafio, foi. Não sentiu sede, não sentiu fome, não sentiu vontade de falar e de estar com outras pessoas, não teve vontade de tomar banho. O que incomodou foi não escovar os dentes, isso sim, gerou agonia, para tentar remediar pegava folhas do bosque e esfregava nos dentes tentando tirar o gosto amargo acumulado com os dias de jejum.

Nas duas primeiras noites, quando ainda tinha companhia, não sentiu medo da noite na mata e o tempo passou mais rápido, também teve o sol aparecendo em algumas ocasiões dando uma noção de qual era o momento do dia. Mas, depois que Helena ficou sozinha na casa de rezo da lua, veio a chuva contínua, o sol não mais mostrava o passar do tempo, a fadiga do jejum se manifestava com força, a experiência foi ganhando um outro lugar. Helena passava boa parte do tempo deitada para poupar energia, o jejum e o sangue menstrual associados pediam descanso ao corpo. Muitas vezes sonhava de olhos abertos, via as imagens dos sonhos acontecerem por entre as árvores do bosque. Seriam alucinações? Mirações?

Todos os dias, ao amanhecer e ao anoitecer, a equipe de apoio da Busca cantava na área de cerimonial fazendo as vozes e tambores ecoarem por toda a montanha, trazendo uma linda nutrição para quem estava vivendo sua

Busca. Na terceira noite na montanha, quando os cantos terminaram, o medo de passar a noite sozinha veio assustador, Helena respirava fundo para acalmar a ansiedade, agradecia por ter a proteção da pequena casa de rezo, caso contrário imaginava que teria descido antes dos quatro dias terminarem. Refletia sobre a sensação de que não conseguiria viver o ritual se estivesse na lua e sem a proteção da casinha, se sentia fragilizada pelo sangue que se ia do ventre e também por conta do jejum. Também pensava que em outra fase do ciclo, por certo a experiência seria outra. Aí vem a beleza e a sabedoria dessa tradição, em que se respeita e se honra esse período do ciclo feminino, que é aviltado de forma cruel no sistema capitalista, que nos obriga a ser produtivas e felizes todos os dias "úteis" do mês.

O paradoxo tomou conta dos pensamentos de Helena, enquanto a mente julgadora repreendia a decisão de viver aquela experiência. Estaria ela praticando uma violência consigo mesma? Uma voz silenciosa que partia de um lugar não identificado dentro de Helena dizia que estava tudo bem, que ela tinha a força necessária para viver esse momento e que depois que finalizasse a jornada os frutos seriam colhidos em abundância.

A lua nova no nosso ventre, período do sangramento da mulher, proporciona o estado meditativo sem qualquer técnica de *mindfulness*, yoga. A experiência do yoga acontece de forma natural durante o período de sangramento, permite a nós mulheres a conexão com a sabedoria interna na presença do que a lua do ventre nos conta, se estivermos atentas ao respeito pela nossa necessidade de recolhimento e silêncio.

Quantas vidas cabem em mim? 85

Toda potência que o período menstrual oferece associada ao jejum na montanha, a toda força espiritual ali presente naquele espaço cerimonial, tornaram a lua daquele ciclo uma oportunidade potencializada para Helena ver, sentir, viver e impactar todo o seu sistema físico, espiritual, mental, emocional, de uma forma que mudou sua vida em definitivo.

A fragilidade e a sensibilidade tomaram conta de Helena na reta final da montanha, ela sabia que estava se transformando, estava sendo levada a um lugar de paz dentro de si até então desconhecido, mas olhar para o desconhecido causava desconforto. Durante muitos momentos experimentou o vazio da mente e a entrega total ao presente, ao aqui-agora tão almejado com as práticas de autoconhecimento.

Mas, tinha algo doído acontecendo também, sua sensibilidade ficou muito aguçada, se emocionava com facilidade, as lágrimas sutis misturadas à fuligem embaçavam os olhos. Todos os dias uma mulher levava lenha para o fogo e materiais para a higiene menstrual, água e tecidos com algodão, que eram deixados de forma discreta ao lado da casa de rezo. Quando sentia essa presença feminina, as lágrimas corriam pelo rosto de Helena, ela diz que de contentamento em receber aquele carinho. Sentia-se cuidada numa terra estrangeira, por quem nem a conhecia. Sentia-se parte de uma família, mesmo sem saber nem os nomes daquelas pessoas. Era a família guardiã daquela tradição, daqueles saberes ancestrais, a família responsável pelo trabalho florescer na montanha, flores coloridas que nasciam em silêncio nos buscadores corações plantados na natureza.

Depois da terceira noite o tempo parou para Helena, a fadiga era grande, a sensação de que as horas não passavam era agonizante. Foi quando ouviu o riso gostoso das crianças vindo da área cerimonial, foi até o ponto do bosque de onde conseguia, por entre as árvores, ver o que lá embaixo acontecia. Lá estavam as crianças, filhas e filhos das pessoas que apoiavam a cerimônia. O coração de Helena se alegrou por ver as crianças, sua sensibilidade e amorosidade, correndo e brincando pelo espaço, livres, felizes, presentes. Distraiu-se por um tempo, esqueceu os conflitos internos, a exaustão e a ansiedade pelo fim da Busca.

Voltou a conferir o fogo, colocou mais lenha para garantir a chama acesa e não provocar labareda efêmera, que só consumiria lenha. Imaginou que a tarde em breve cairia e os cantos de boa noite aconteceriam. Mas, depois disso, mais vinte e quatro horas se passaram. O dia não terminava nunca e a ansiedade pela última noite na montanha conflitava com a serenidade em estar ali. Foi mais uma vez espiar a área cerimonial para ver se havia movimentação para os cantos. Nada. Nessa hora deu de cara com um pé de frutas silvestres, carregadinho, não estavam muito maduras, mas dariam para ser comidas. Helena sabia que eram comestíveis, tinha visto frutos semelhantes na cozinha do acampamento.

Admirou a beleza dos frutos e não sentiu vontade de comer, seu compromisso com o jejum era mais forte que a fome. Sorriu para a fartura da arvorezinha e voltou para o fogo. Parecia que a noite ainda tardaria a chegar. Cuidou do fogo, refletiu, dormiu, acordou, dormiu de novo, acordou de novo. Então, enfim, os cantos, o crepúsculo e a última noite na montanha chegaram no que ela chamou

Quantas vidas cabem em mim? 87

de "o dia de cinquenta horas". Apesar da ansiedade que se intensificou ao fim da Busca, cada momento foi vivido por Helena em plenitude, driblando a culpa e o julgamento, confiando na escolha que fez em experimentar aquele ritual.

Na chegada do apoio que veio colher Helena ao final da sua Busca, minha avó se desfez em lágrimas como um bebê que acaba de deixar o útero materno. Chorou ao nascer da montanha. Chorou por estar entrando em um novo mundo, desconhecido, só desejava correr para casa da minha bisa Eva, deitar na cama dela e adormecer recebendo colo e carinho, como uma cria recém parida mesmo. Minha avó teve ajuda para carregar seus pertences da casa de rezo da lua até a casa de rezo principal da cerimônia da Busca. Ela desceu caminhando muito devagar apoiada num cajado. Chegou a casa de cerimônias e recebeu sua primeira água de beber, seu primeiro alimento depois dos quatro dias de jejum. Ao contrário do que imaginava, não foi afoita em beber e comer. Com muito vagar sentiu a água abrir caminho pela garganta, em pequenos goles. A água parecia estar derrubando barreiras na garganta, tirando secreções acumuladas nos últimos dias, abrindo caminho para que a conexão com a voz se restabelecesse. Depois, sentiu o doce sabor das frutas no paladar se misturando com as lágrimas salgadas, insistentes em deslizar ininterruptas até seus lábios.

Quando Helena terminou de comer a fruta, lhe pediram o tabaco recebido antes da subida para a montanha, quando sua palavra foi recolhida. A pessoa que conduzia a cerimônia de descida acendeu o tabaco, num pequeno círculo, em que estavam também mais duas mulheres. Os demais buscadores e buscadoras estavam num Temazcal, no qual as mulheres na lua não podiam participar. Como chovia muito e não havia lenha suficiente para fazer também o Temazcal da lua, Helena era a única mulher nessa condição e foi recebida numa íntima cerimônia ali mesmo na casa principal de rezos. Helena ouviu lindas palavras de acolhida antes de receber o tabaco aceso, sinalizando que o jejum de silêncio também se encerrava para ela. Com a voz rouca do jejum disse "acho que não é uma boa hora pra me devolverem a palavra, não tenho palavras pra falar". Respirou fundo e completou "mas, eu vivi momentos bons na montanha, entre as bençãos recebidas, concebi um canto e é o que consigo compartilhar com vocês agora", cantou com a voz meio embargada os versos que falavam do fim de um ciclo de dor e o anseio pelo amor. Ao cantar foi serenando a emoção, relatou alguns entendimentos que a experiência lhe trouxe, tentou traduzir em palavras as contraditórias emoções que sentia, como era possível uma experiência de tantas privações trazer tanta paz de espírito. Helena sentia um amor grande dentro de si e o desejo de compartilhar esse amor. Foi tudo muito delicado, sensível, de uma amorosidade que, segundo minha avó, é impossível nomear.

Na montanha Helena incorporou o hábito de plantar a lua, devolver o sangue menstrual a terra, isso a reconectou consigo de uma maneira que até a chegada de sua menopausa manteve esse ritual todo ciclo, ensinou minha mãe, que me ensinou, e a tradição permanece em nossa família. Durante sua estada na montanha, Helena plantava a lua todos os dias ao pé de uma mesma árvore. Foi nessa árvore tão simbólica que amarrou os seus rezos ao final da busca. Cada pessoa que vive a busca faz um cordão de trezentos

Quantas vidas cabem em mim? 89

e sessenta e cinco rezos, são pequenos atados de tabaco feitos com quadradinhos de tecido, um para cada dia do ano, com os propósitos pessoais da Busca, que vão sendo amarrados num fio de algodão, como se fosse um enorme rosário. Minha avó ficou sabendo da cerimônia poucos dias antes de ela acontecer, não teve muito tempo para fazer os rezos devagar, só conseguiu começar quando chegou ao Equador. Nos primeiros atados teve muita dificuldade, os pequenos tecidos se abriam ao serem amarrados na linha, o tabaco se espalhava e ela precisava recomeçar. Mas, uma anciã que apoiava a busca, observando a dificuldade de Helena, de forma paciente ensinou uma técnica que ajudou Helena, aí foi fácil, pegou o jeito e entrou no processo dos atados de forma muito meditativa, conectou-se com seu propósito de forma genuína, noventa por cento das suas intenções foi honrar e agradecer experiências e pessoas que encontrou ao longo do caminho, desde o seu nascimento. Foi uma breve viagem ao tempo. Depois de reconhecer todas essas bênçãos que viveu, inclusive as doloridas, rezou seus sonhos, plantou algumas sementes no coração para que pudessem florescer na primavera da vida e trazer os frutos que ansiava para sua existência, entre elas a intenção de viver um grande amor, formar uma família, ter uma filha.

Ela dizia que quando namorava Bernardo sempre imaginava que seria mãe de menino, na montanha passou a se imaginar mãe de menina, nas mirações do jejum o nome Rosa ecoava em sua mente, anos depois, em outra vivência espiritual com enteógenos, o nome Sofia era sussurrado ao seu ouvido. Somente depois de quase vinte anos dessa experiência é que ficou grávida, batizou minha mãe de Sofia, e minha mãe, conhecendo a história de Helena, escolheu para mim, Rosa.

Além dos rezos, são feitas sete bandeiras, atados maiores de tabaco para serem amarrados a varas de um metro e meio, em cores diferentes representando cada uma das direções: vermelha no bastão do Sul, amarela no bastão do Leste, preta no Oeste, branca no bastão do Norte, azul no do Céu, a verde na bandeira da Terra e o bastão violeta no do coração, a união entre Céu e Terra, entre Pai e Mãe. Os bastões delimitam o espaço que a pessoa que está fazendo a Busca fica na montanha e os rezos são amarrados em volta fazendo um pequeno círculo, do qual a pessoa não pode sair até que venha a ser colhida ao final da Busca. Como minha avó ficou no casa de rezo da lua, seus rezos não foram amarrados ao redor das bandeiras, porque caso seu sangue terminasse, seria plantada em outro espaço. Como isso não aconteceu, no dia seguinte à sua descida voltou ao bosque da lua, amarrou seus rezos à árvore, dona das raízes que receberam o sangue do seu ventre, fincou as bandeiras ao redor. Ao terminar um Louva-Deus pousou na bandeira do coração trazendo a Helena o sentimento de ciclo finalizado. Colheu um pouco de cinza do fogo sagrado da casinha da lua, se despediu com amor desse seu lar temporário, toda a angústia e a fadiga do jejum tinham se dissolvido, como a lenha nas labaredas do fogo.

Na hora que foi colhida da montanha Helena achava que não faria tão cedo algo semelhante a essa experiência. Depois de um prato de comida, um banho quente e uma noite numa cama aconchegante, a história é outra. O brilho no olhar e a transbordante amorosidade que sentiu nas pessoas que estavam nesse caminho há vários anos, e

Quantas vidas cabem em mim?

em seu coração depois da Busca, deram a certeza do desejo de voltar à montanha. Helena demorou a voltar, mas depois que Sofia já era nascida se conectou com um grupo no Brasil de práticas neo-xamânicas e voltou à montanha dezenas de vezes.

Na cerimônia de encerramento da Busca, Helena experimentou um estado de presença consciente, enquanto seu inconsciente vivia a medicina da Wachuma de forma intensa e transformadora. Ao término da cerimônia era um amor transbordante pelos olhos e abraços. Era também a hora de partir.

A qualificação das percepções sobre si mesma e sobre a vida tornou-se apurada, muita criatividade aflorou, os artigos para a revista passaram a ser escritos com mais leveza e agilidade, nasceu a ideia de escrever um livro, de comprar uma casa com lareira quando voltasse ao Brasil, e o movimento da vida seguiu seu fluxo com delicadeza e serenidade, guiada pelo coração plantado na natureza, para que a natureza do coração fosse colhida, e a vida fosse vivida com amor e suavidade.

Assim, depois de mais uma experiência nesse paradoxo da vida, em que se busca o que já se é, Helena seguiu viagem de volta ao Brasil. Mas, ainda não de volta para casa, e sim para seu último destino na América Latina, a Amazônia.

Capítulo seis

Ao chegar no Porto de Manaus, Helena estava deslumbrada com as pessoas, a paisagem. Parecia ter sido transportada para um outro mundo. Mais um outro mundo. Quantos países cabem num mesmo país? Quantas formas de viver uma vida há numa mesma existência? Partiu em busca do local da hospedaria que uma pessoa em Quito havia lhe indicado, uma casa pequena com poucos quartos, bem aconchegante. Apesar da ansiedade de Helena para conhecer a Amazônia, sua primeira semana foi restrita aos arredores, precisava escrever o artigo sobre a experiência no Equador e enviar à revista. Havia apenas mais um hóspede na pequena hospedaria com quem Helena trocava apenas cumprimentos protocolares. Ela o achava atraente, sentia-se inquieta na presença dele, curiosa para saber mais sobre aquele homem que a atraía e incomodava ao mesmo tempo. Mas, não tinha tempo para flertes naqueles dias, precisava escrever o artigo e enviar, tudo tinha sido muito intenso no Equador e quando sentava diante da máquina de escrever seus dedos deslizavam frenéticos, e a experiência se materializava no papel de forma vertiginosa. Só depois de concluir o trabalho ficou livre para interagir mais com o estranho hóspede.

Antonio era historiador e já estava na região há alguns meses, viajava bastante por toda a Amazônia pesquisan-

Quantas vidas cabem em mim? 93

do povos originários, inclusive aldeias isoladas que não tinham qualquer contato com o idioma português, mantinham apenas a língua ancestral. Helena ficou encantada com os relatos que o homem fazia, em especial sobre os rituais das diferentes e inúmeras culturas vivas na Amazônia. Cerimônias de iniciação que beiravam ao absurdo quando escutadas pela primeira vez. Ainda mais perturbadoras que ficar quatro dias e quatro noites em jejum numa montanha.

Helena ouvia os relatos de Antonio esforçando-se para abrir mais e mais os ouvidos, como se assim pudesse entender melhor os rituais narrados. Uma dessas tradições, que se mantém até os dias atuais, é o ritual da Tucandeira. Antonio explicou ser um rito de passagem para os meninos que vão se tornar guerreiros e precisam provar força, coragem e resistência à dor. Na véspera do ritual as formigas Tucandeiras são capturadas vivas pelos meninos e conservadas num bambu. No dia da cerimônia pela manhã as formigas são anestesiadas numa tintura de folha de cajueiro, para, ainda adormecidas, serem colocadas em luvas de palha trançada, o ferrão fica direcionado para a parte interna do *saaripé*, como é chamada a luva, para que entre em contato com a mão do participante do ritual. As Tucandeiras são formigas grandes com ferrão muito dolorido. Os iniciados calçam as luvas infestadas de formigas, agora já bem despertas, e dançam ao lado de outros membros da aldeia, em roda, ao som de cantos da etnia Sateré-Mawé. Esse ritual precisa ser feito vinte vezes até que a iniciação seja completada.

Antonio e Helena compartilhavam suas experiências, ela ainda sob o efeito das cerimônias do Peru e do Equador, ele sobre suas investigações na Amazônia brasileira.

A admiração era mútua. A intimidade estabeleceu-se sem demora, tornou-se natural entre eles, pareciam se conhecer desde sempre. Quanto mais Helena e Antonio se conheciam, mais sentiam vontade de permanecer lado a lado. As horas do dia se passavam e não havia espaço para a separação, desde o café até o jantar compartilhavam a presença. Somente na hora de dormir havia uma despedida desajeitada. Antonio deixava Helena na porta do quarto e seguia pelo final do corredor para dormir em seu quarto sozinho. Helena deitava na cama com a janela aberta, olhava as estrelas em busca de respostas para os sentimentos latentes por esse estranho tão íntimo, ansiava por encontrar nas pequenas luzes brilhantes da noite a clareza para entender o que estava acontecendo. Seria ele um espelho seu? O reflexo do seu espírito aventureiro em descobrir o mundo? Seria ela um complemento? Era ele ainda mais aventureiro que ela? Seria ele apenas um passageiro que entrou no barco da sua vida para descer no próximo porto?

Durante o tempo que passaram em Manaus, Antonio também contou para Helena da existência de uma aldeia que ficava na foz do rio Maici, os Pirahã. Uma etnia bastante peculiar que usa sons e tons para se comunicar, desconhece o conceito de números e cores. O que mais chamou a atenção de Helena no relato de Antonio foi o fato da língua dos Pirahã não ter tempo verbal, não existe passado, presente e futuro. São pessoas que vivem de acordo com suas experiências na mata, vivem o agora, sem se preocupar com crenças religiosas, não especulam sobre o que não sabem, sobre o que não é possível ver, experimentar. Acolhem o incondicional de cada instante,

Quantas vidas cabem em mim? 95

aprendem com a vida sem auto-referência no que passou, no que ficou para trás.

Helena questionava-se: conseguiria seguir o exemplo dos Pirahã? Esquecer seu passado com Bernardo, os desalinhos do casamento de Eva e João? Poderia entregar-se a um romance com data marcada para terminar? Desfrutaria da companhia de Antonio sem desejar que ela se prolongasse? Conseguiria estar em paz após a despedida? Ao mesmo tempo sabia que a vida é uma sequência de eventos com data marcada para terminar. Ciclos. O mais inquietante para ela é que sequer sabia o que Antonio sentia, se via nela algo além de uma amizade desinteressada, temporária. Estaria ela fantasiando um interesse recíproco que inexistia?

As expedições missionárias que tentaram catequizar os Pirahã ao longo dos anos fracassaram, inclusive um missionário cristão, o americano Daniel Everett, que era também linguista, assumiu a missão de traduzir a Bíblia para o idioma Pirahã, acabou ateu depois de viver com os Pirahã nos anos setenta. Até hoje os Pirahã permanecem sem influências da cultura branca em seu cotidiano.

Antonio e Helena permaneceriam livres de catequizar um ao outro? Estaria o amor na desnecessidade da catequização? Seria o amor a expressão máxima da liberdade? Helena seguia em suas noites refletindo ao olhar para as estrelas até adormecer, questionando-se sobre declarar ou não seus sentimentos a Antonio.

Depois de ouvir tantos relatos do historiador sobre suas pesquisas e a diversidade impressionante da cultura dos povos originários, Helena teve um sonho muito lúcido, sonhou que estava com Antonio no meio da floresta, navegando por horas por um rio muito raso. Chegaram numa aldeia e foram recebidos com amorosidade por dezenas de crianças que corriam pela praia à margem do rio. Helena passou um tempo com as mulheres ouvindo sobre as ervas que usavam nos cuidados com as crianças e as mulheres, Antonio misturou-se aos homens para colher açaí e pescar. À noite reuniram-se num grande terreiro, sentados em roda com toda a aldeia, lado a lado Antonio e Helena ouviam os cantos e rezos, a família indígena entoava os cantos de mãos dadas no meio do terreiro, como as cantigas de roda de crianças, num passo sincronizado giravam de forma contínua. Então, foi feito um intervalo nos cantos e começou a ser servido um chá. Helena e Antonio tomaram, os cantos retomaram, e foi como se eles tivessem entrado numa montanha-russa, vivendo altos e baixos de adrenalina, deitaram-se no chão abraçados. Enquanto Helena mergulhava nas profundezas de suas sombras, chorava, gemia, Antonio tentava acalmá-la, dizia que era só uma viagem, para ela abrir os olhos que ficaria mais fácil. Ela dizia que não adiantava abrir os olhos, mas que estava tudo bem, que o choro e a agonia faziam parte do processo, ela precisava passar por isso. Os cantos indígenas pareciam conduzir o processo, em alguns cantos as sensações tornavam-se mais intensas, perturbadoras, e em outros o corpo acalmava, havia um relaxamento profundo e paz. Depois que a atribulação passou, Helena experimentou um estado de êxtase, sentia orgasmos contínuos, um prazer absoluto, ela apenas se preocupava de seu corpo se movimentar como se estivesse num ato sexual e chamasse a atenção das demais pessoas, então, vez ou outra, abria os olhos para verificar se o corpo continuava imóvel, se

Quantas vidas cabem em mim? 97

não estava fazendo nada inadequado. O movimento era interno, o prazer dispensava a vibração da pelve. Helena e sua razão, mesmo desfrutando do prazer, questionava a experiência, seu passado católico de culpa e pecado a julgavam, lembrava de relatos místicos que tinha escutado no Peru e no Equador, quando as pessoas têm visualização de santidades, divindades, e com ela, foram orgasmos, múltiplos. Ao aquietar da mente, lembrou do ensinamento da *abuela* da Espanha no encontro de mulheres do Peru, de que ter orgasmos é nosso direito de nascimento. Nos tiraram o prazer para que perdêssemos nosso poder interno. Relaxou ao lembrar que o orgasmo é tão sagrado quanto qualquer experiência espiritual. Desfrutou. Desejou que Antonio tivesse sentindo o mesmo que ela. Ele não estava, viveu a experiência conversando com a medicina, pedindo para ela não fazê-lo vomitar. Os dois riram demais disso e nesse riso alto de contentamento Helena despertou do sonho. Acordou intrigada tentando entender o que o sonho significava. Será que era um sinal para ela desistir de tudo e ficar vivendo com Antonio na Amazonia? Mas, ela nem sabia se esse era também um desejo dele. É possível desejar o desejo do outro?

No café da manhã, Helena contou em detalhes a aventura onírica para Antonio. Como era possível sonhar com algo que ela nunca tinha vivido, algo que ela nunca tinha visto, nem ouvido falar. Ficaram tentando adivinhar o que seria essa chá que tomaram no sonho, que planta misteriosa era essa que provocava um estado tão alterado de consciência. Antonio, com certo desencanto no olhar, disse nem imaginar quando seria possível um sonho como esse tornar-se real, quando seria possível entrar na floresta para viver um ritual indígena. Naquele tempo os missionários haviam proibido quaisquer rituais ancestrais, queriam dizimar a cultura indígena e obrigar os habitantes naturais da região a se converterem ao cristianismo. Era quase impossível visitar as aldeias, Antonio precisava fazer seu trabalho de pesquisa de forma clandestina e muito discreta para não ser impedido pelos missionários. Antonio dizia tudo isso com muita indignação e prometeu a si mesmo que enquanto fosse vivo lutaria contra a opressão exercida pelo povo branco, e que um dia ainda veria os povos originários livres, vivendo e celebrando suas tradições com alegria, abrindo seus terreiros para quem viesse de bom coração se conectar com os saberes da floresta.

Helena se perguntava, seria essa a falta que movia Antonio, era essa a missão dele? Sentia que ela ainda não havia encontrado uma missão dessa magnitude para se dedicar. Antonio estava em silêncio, com o olhar distante, parecia pensar nas batalhas travadas pelas populações indígenas guardiãs da Amazônia. Helena o abraçou de forma natural, como se já tivesse feito isso antes, levou o calor do seu abraço para acalentar a angustia silenciosa de Antonio. Com seus corpos muito próximos pela primeira vez, os olhos profundos se encontraram, retina a retina as dúvidas de Helena sobre viver ou não esse romance desapareceram no rio como o sol poente. Enfim, o beijo. Enfim, a entrega.

Antonio nas próximas semanas embarcaria numa viagem de barco pelo rio Negro que duraria alguns meses, rumo à São Gabriel da Cachoeira, uma localidade onde só habitavam indígenas. Helena esperava o convite do pesquisador para acompanhá-lo, dava algumas indiretas de

Quantas vidas cabem em mim? 99

que poderia ir com ele. Mas, o convite não vinha. Helena também não sentia abertura para se oferecer de forma direta para a viagem, sabia que era uma viagem clandestina, perigosa. Também não sabia se a intensidade do que ela sentia por Antonio era recíproca. Às vezes achava que sim, às vezes duvidava, achava que ela era apenas um passatempo para o aventureiro Antonio.

Faltando poucos dias para a partida de Antonio, Helena resolveu que não se ofereceria diretamente para viajar com ele, se ela fosse teria que ser convidada, o convite seria um sinal de que ele realmente queria aprofundar uma relação com ela. O convite não veio e Helena desapegou da espera, começou a investigar as possibilidades que tinha de entrar em contato com alguma população indígena nos arredores de Manaus, sem que fosse impedida pelos missionários, foi quando chegou um pequeno grupo de viajantes na hospedaria, estavam apenas de passagem em direção à Índia, no propósito de pesquisar as tradições hindus. Contaram que um dos integrantes do grupo, um jornalista americano, encantou-se tanto pela Amazônia que decidiu ficar morando no Brasil. Depois de algumas horas de conversa, Helena e sua vontade de abraçar o mundo, sentiu-se tentada a perguntar sobre a possibilidade de ocupar a vaga no navio deixada pelo repórter. Refletiu se não seria invasiva demais na proposta, afinal acabara de conhecer aquelas pessoas, também parecia ousado demais mudar seu roteiro de viagem de forma tão radical, parecia loucura atravessar o oceano quando já estava finalizando o projeto para a Canhota. Mas, também parecia uma boa forma de lidar com a frustração de não ser convidada por Antonio para seguir viagem com ele. Afinal, perguntar não faria mal nenhum. Helena decidiu arriscar, procurou o líder do grupo, um homem de cabelos e barba brancos e longos, parecia mais estar vindo da Índia do que indo para lá. Helena escolheu as palavras com cuidado, primeiro perguntou como seria se alguém tivesse interesse em ir junto, e quando Gil sinalizou que era possível, ela contou que cogitava embarcar no navio também. Gil foi receptivo e disse que providenciaria o necessário para que Helena embarcasse. O que era apenas uma especulação tornou-se uma possibilidade real e à Helena caberia a decisão de partir para outro continente ou não. Gil ouviu as ponderações de Helena sobre o trabalho na revista e disse: "não é você que toma a decisão, é ela quem te toma, você só precisa observar". Era exatamente o que Helena estava sentindo.

Mas, Helena precisaria da aprovação da revista, afinal o projeto da viagem era a trabalho, e pela América Latina. A revista negou o pedido de Helena, mesmo com seus extensos argumentos sobre a cultura milenar indiana que poderia render artigos incríveis para a revista traçando paralelos com a espiritualidade e a cultura latino-americana. O editor foi taxativo, o orçamento da revista para o projeto já estava se esgotando e de forma alguma comportava uma viagem daquele porte. Helena contrariada desligou o telefone e foi dar uma caminhada às margens do rio Negro, a caminhada trouxe a clareza. A habilidade de Helena em encontrar soluções e novos caminhos em situações paralisantes ficava mais apurada a cada experiência. Ela teve a ideia de deixar o trabalho na revista e usar parte da herança que tinha recebido do pai para seguir nessa nova aventura independente. Entrou em contato com a mãe e contou os planos, Eva disse que ficava apreensiva, com medo de

Quantas vidas cabem em mim? 101

algo ruim acontecer à filha aventurando-se pelo mundo, mas que confiava na decisão dela, que a apoiava e seguiria rezando para Nossa Senhora guiar e proteger Helena por onde quer que fosse. E, completou, dizendo à filha:

— Filha, você sabe, aconteça o que acontecer, você sempre poderá voltar pra casa.

Helena agradeceu à mãe, como era bom receber o apoio de Eva, saber que a mãe confiava nela e que sempre estaria de braços abertos para recebê-la, quando fosse o tempo de voltar. Indecisa entre indígenas e hindus, amor ao outro e amor próprio, lembrou-se mais uma vez da viagem pelo Peru, da vela que trouxe do labirinto do fogo da cerimônia que participou no Vale Sagrado dos Incas. Acendeu a vela, fez uma oração ao fogo, pedindo clareza para decidir com confiança. Seu coração pulsava ao pensar em tudo que poderia viver na Índia, e que se não seguisse sua intuição e optasse pelo amor próprio, jamais poderia amar alguém depois. De repente, sabia! Era! A decisão a tomou por completo. Pediu demissão da revista e decidiu aventurar-se pela Ásia.

Não foi nada fácil para ela despedir-se de Antonio. Na última noite juntos antes da partida, passearam pelas margens do rio, na noite iluminada pela lua cheia, apesar do coração aflito, Helena sabia que precisava ir. Antonio entendia o chamado da viagem, aceitou com tanta tranquilidade que Helena chegou a pensar que ele estava indiferente com a separação. Quando chegaram à hospedagem Antonio acompanhou Helena até a porta do quarto, por não saber se um dia voltariam a se encontrar, Helena convidou Antonio para passar essa última noite em seu quarto. Ele abraçou Helena demonstrando um desejo de se unir a ela por toda a eternidade, o que deixava a mente de Helena sem entender como aquele homem a abraçava com aquele afeto imenso e ao mesmo tempo parecia não se importar com o fato de que talvez eles nunca mais se encontrassem. Pediu para os pensamentos se acalmarem e se entregou ao momento presente, se era esse o último momento com Antonio, deveria ser vivido de forma intensa, plena.

Abraçados sentiram o calor do hálito gerado pela dança frenética das línguas que criavam sua coreografia única. Foram aos poucos, com movimentos sutis, tirando a roupa um do outro. Helena deitou-se nua na cama, Antonio, também nu, sentou-se numa rede que havia no quarto, sem dizer palavra deteve o olhar na mulher prestes a embarcar para o outro lado do mundo, cruzar o oceano e desaparecer no horizonte.

O vocabulário afetivo de Antonio era limitado, admirava Helena como se ela fosse Os Girassóis de Van Gogh, mas não conseguia dizer a ela uma só palavra. O olhar dele tinha voz, a voz de vastos pensamentos, de sentimentos imperfeitos. Aproximou-se devagar, beijou os pés de Helena e moveu com suavidade seus lábios ao longo da pele, deleitou-se fazendo pequenas paradas para olhar a expressão de gozo nas feições de Helena. Quando chegou à vulva demorou-se, beijou, lambeu, chupou toda sua delícia agridoce, proporcionou à Helena um prazer tão intenso que lágrimas verteram de seus olhos junto aos gemidos de prazer. A barba ruiva de Antonio, salpicada com os fluídos de Helena, emoldurava um sorriso de plenitude. Desfrutaram por alguns instantes do silêncio, então, Helena tomou a condução da dança, pediu que Antonio deitasse de bruços, tirou a pluma que marcava o diário de

Quantas vidas cabem em mim? 103

cabeceira e acariciou a pele de Antonio, deslizando com suavidade eriçou poros, pêlos, desejos. A pena vinda da cerimônia sagrada do Vale dos Incas proporcionava o desfrute profano, comprovando não haver separação entre sagrado e profano, corpo e espírito.

Na manhã seguinte, embarcações na água separaram essa promessa de amor. Helena era como Antonio, viajante, o mundo era seu país, sua terra natal, precisava aventurar-se para sentir a vida correr pelas veias. Antonio flutuava nas águas doces rumo à São Gabriel da Cachoeira e Helena navegava pelas salgadas águas com destino ao país que inspirou os primeiros invasores a dar o nome de índios aos povos originários do Brasil, pelo equívoco na rota de Cabral, que tinha como destino as especiarias do país hindu, mas encontrou Pindorama, que em língua tupi significa "terra das palmeiras".

Capítulo sete

A jornada de Helena mergulhando nas raízes ancestrais em busca de respostas, aumentou as perguntas, aprofundou o significado de sentido da vida. Hoje ela afirma que a sabedoria que construiu no contato com as culturas dos povos ameríndios e hindus a ajudou a se livrar de certezas inúteis, se abrir para desilusão, para enxergar a essência, sem névoa, sem autoengano.

Com seus noventa anos, minha avó hoje é um modelo de como sentir a vida, a vida que há em mim, que há nas pessoas, nas plantas, nos animais, nas pedras, nos fungos, em tudo. Do nascer ao morrer, do amor à dor, do amanhecer ao anoitecer, da luz à sombra. Helena foi para Índia sem saber se voltaria. Levava uma intrigante certeza de que uma nova versão de si com certeza retornaria ao Brasil, mas sem saber quando e como seria, depois de tanto tempo peregrinando como viajante do mundo. Ela não tinha ideia. Seu único objetivo era sentir e viver.

Algumas semanas em alto-mar deixaram Helena indisposta, tinha dormido mal nas últimas noites. Ao despontar do crepúsculo, deitou no convés do navio para olhar as estrelas nascerem. Com todo o céu por cima de si, todo o mar por seus lados, tentou esquecer o cansaço e os dias de viagem que ainda faltavam para chegar à Índia. Observava

Quantas vidas cabem em mim? 105

o vai e vem de pessoas de várias etnias que circulavam por ali, ora entediadas e ansiosas pela chegada ao continente asiático, ora maravilhadas com a paisagem exuberante, que levava os olhos inquietos a se perderem na imensidão do oceano. Se distraia nesse vai e vem de culturas desfilando na passarela a céu e mar aberto. Observava com encantamento no olhar, imaginando tudo que seus olhos ainda testemunhariam. Lembrava da mãe, das irmãs, como queria que elas estivessem ali com ela. Imaginava o quão feliz seu pai estaria de vê-la atravessando o mundo. Pensava também em Antonio, nos momentos que viveram juntos, e naquela presença que persistia com a ausência, a sensação de que ele estava ali com ela não a abandonava. Foram só algumas semanas juntos e parecia que tinha sido tanto, parecia que o tempo não importava, parecia que o conhecia desde sempre e a intimidade duraria para sempre.

Três oceanos depois o navio chegou ao porto de Bombaim. Helena seguiu com o grupo para o hotel, ansiosa por deitar em cama fincada em terra firme, tomar um bom banho e descansar os ossos, músculos e articulações. O quarto não proveu todo o conforto que ela esperava, a cama era tão dura que parecia ser a própria terra firme, o banho num balde e caneca com a água tão gelada que parecia ter vindo direto das geleiras dos Himalaias. A noite foi de sonhos agitados, e Helena acordou sentindo muito frio na madrugada. Levantou para se agasalhar melhor e percebeu que o seu sangue havia chegado, sincronizado com o início desse ciclo no Oriente. Perdeu o horário do café da manhã.

A estada em Bombaim foi curta, o destino inicial do grupo era o norte da Índia, o Punjab. Gil, o líder do grupo, queria conhecer uma tradição espiritual que tinha o seu templo de devoção na cidade de Amritsar e era um lugar considerado de cura. Helena e os novos amigos tomaram o trem ainda de madrugada e estava muito frio, contrastando com o calor de Manaus. Helena olhava pela janela do trem e conforme o dia foi amanhecendo reparou em pessoas agachadas ao longo da linha do trem, enfileiradas, lado a lado, distanciando uns cinco metros umas das outras. Intrigou-se, perguntou à pessoa que estava ao seu lado, um senhor indiano, usando um enorme turbante azul na cabeça. O senhor meio sem jeito disse que as pessoas estavam fazendo suas necessidades matinais, estavam fazendo o número dois. A cena ficou registrada na mente da Dona Helena. Cenário que, infelizmente, acontece ainda hoje na Índia, país que possui o maior problema sanitário do mundo, milhões de pessoas não têm acesso a banheiro e rede de esgoto em pleno século XXI.

Chegaram em Amritsar direto para o Ashram onde se hospedariam. Em sânscrito, Ashram significa proteção. Na antiga Índia era um lugar em que sábios viviam em paz e tranquilidade no meio da natureza. Depois, passou a ser usado para designar comunidade para estudos e evolução espiritual, sob a orientação de uma liderança, na maioria masculina. O líder em Amritsar era da tradição espiritual Sikh, chamado Ramesh. Ramesh usava turbante, como o homem do trem. Helena, sempre curiosa, perguntou o significado da indumentária. Ramesh explicou que "o turbante é feito de tecido cem por cento natural e quando enrolado na cabeça ajusta os ossos cranianos, proporcionando concentração, calma e relaxamento. Ao cobrir as têmporas ajuda a proteger contra negatividade mental ou psíquica.

Quantas vidas cabem em mim? 107

A pressão do turbante em determinados pontos da cabeça também altera o padrão de fluxo sanguíneo no cérebro, aumentando a clareza mental e a disposição para encarar qualquer desafio. O uso do turbante pelas pessoas Sikh é também uma declaração de que a cabeça e a mente estão dedicadas ao divino, divino que está em toda manifestação de vida. O turbante é a coroa da realeza espiritual."

Minha avó conta o quanto se impressionou com o preço no comércio da Índia, era tudo muito barato, ela precisou comprar roupas de inverno tão logo chegou ao Punjab. O Ashram era muito frio, feito de pedras. Havia um refeitório que servia três refeições ao dia, cuidado por pessoas voluntárias, estudantes de yoga, que preparavam os alimentos. As pessoas se serviam numa bandeja de metal, com divisórias internas para separar os tipos de comida. Depois cada um lavava o que utilizou e devolvia ao armário. A comida indiana foi um grande desafio para o grupo. Minha avó, no início conseguiu lidar bem, sempre gostou de especiarias e comidas picantes, mas com o passar dos dias o corpo foi se cansando, alguns pratos tinham tanta pimenta que ela não conseguiu nem manter na boca, a ardência era insuportável.

Helena ainda estava no período menstrual e procurou um lugar no jardim do Ashram para plantar a lua, devolveu o sangue menstrual para a terra como aprendeu a fazer com as *abuelas* andinas. Pegou a toalhinha de algodão que usou durante a noite, cavou um buraco com as mãos e fez uma oração, colocando o propósito de fazer uma boa viagem, de viver experiências que enriquecessem seu espírito, de obter cura para as feridas do seu coração. O Ashram ficava em frente ao Golden Temple, o Templo Dourado. Esse lugar para a tradição Sikh pode ser comparado ao que representa o Vaticano para a tradição católica. Um jovem no século xv, quando a Índia vivia um conflito entre muçulmanos e hindus, não entendia essa guerra, divisão, gostava de aprender com ambas as tradições. Chamado de Nanak, o jovem teve uma vida de muita conexão espiritual e começou a ser seguido por outras pessoas, tornando-se assim, o primeiro Guru Sikh, que ensinava a viver no mundo mantendo a mente conectada com a energia divina. Para consegui-lo, dizia ele: "viva com humildade e medite no nome de Deus". Nanak foi sucedido por nove gurus, assim se formou a Cadeia Dourada de Gurus da tradição Sikh, nasceu o Sikh Dharma. A palavra Sikh significa aprendiz, estudante.

O Golden Temple é um lugar de oração e peregrinação para as pessoas devotas do Sikh Dharma, foi construído nos anos 1500 e está ativo até os dias de hoje, recebe milhares de pessoas por dia. Foi idealizado pelo quarto guru dessa tradição, Guru Ram Das. Ele viveu de 1534 a 1581. Diz-se que Ram Das personifica a humildade, o serviço amoroso e a compaixão. A obra do Templo foi finalizada pelo quinto guru, Guru Arjiam, filho do Guru Ram Das.

A experiência nesse Templo deixou Helena impressionada. As pessoas tiravam sapatos e meias ao chegar, ninguém entrava de calçado no complexo do Templo. Depois lavavam os pés numa pequena vala com água que ficava na passarela entre a recepção do Templo e a sala de orações. Também eram fornecidos lenços para cobrir a cabeça. Os homens em sua grande maioria usavam turbantes, alguns inclusive bem alegóricos, chegando a meio metro acima da cabeça. As mulheres usavam lenços soltos, como véus sobre os cabelos.

Quantas vidas cabem em mim?

Na sala principal havia pessoas entoando kirtans, que são cantos de oração, vinte e quatro horas por dia. O Templo era circundado por uma Sarova, um lago. A água da Sarova recebia todos esses cantos, portanto, era considerada abençoada, as pessoas tomavam banho e bebiam dessa água. Os homens podiam tomar banho em toda a margem do lago, que tinha umas correntes para que eles se segurassem e evitassem acidentes. As mulheres tinham um lugar específico, num canto do lago que foi fechado com paredes para garantir a privacidade no ritual. Helena fez o ritual. Conta que a água estava tão gelada que mergulhou umas dez vezes em fração de segundos, mandando boas energias para seus afetos e invocando suas intenções amorosas. As pessoas podiam também coletar essa água em recipientes e levar para casa. Minha avó trouxe, e ainda tem guardado um pequeno vidrinho com essa água, que transformou em pingente num colar.

Quando chegou ao Templo, Helena foi orientada por Ramesh a fazer uma pequena doação em dinheiro em troca de um alimento, a Prashada, um espécie de doce num pequeno pratinho feito de folhas de uva. A tradição convidava a cantar e abençoar a Prashada até o momento de entrar no templo. Depois de algum tempo em meditação, Helena comeu o alimento e comparou a experiência com comungar a hóstia em seus tempos de católica.

Todo o cerimonial nos templos Sikh estava em volta de um livro considerado um Guru vivo. O décimo guru, Gobind Singh, no lugar de nomear um sucessor humano para a Cadeia Dourada, nomeou o Guru das escrituras Sikh, Guru Granth Sahib, como seu sucessor. É uma reunião de ensinamentos de diversos homens que viviam a espirítualidade de forma comprometida, hindus, sikhs, sufis, muçulmanos. O livro foi escrito num idioma considerado sagrado, o Gurmukhi, que significa a partir da boca do guru, mescla palavras de várias línguas, incluindo hindi, punjab, árabe, sânscrito, persa, entre outras.

O livro sagrado era levado para o Sri Akal Takhat Sahib, um outro edifício no complexo do Golden Temple por volta das dez horas da noite e retornava de lá para o Sri Darbar Sahib, que é o Templo Dourado, às cinco da manhã. Era um ritual diário acompanhado por muitas pessoas. Era como se um festival acontecesse todos os dias nesse horário na cidade. O horário mais movimentado era às cinco da manhã. Helena, sabendo dessa rotina, acordou cedo para às quatro da manhã já estar dentro do templo em oração e evitar as enormes filas da madrugada. No horário da entrada do Guru Granth não havia espaço sequer para caminhar, as pessoas ficavam grudadas umas às outras, com espaço apenas para ajoelhar.

A limpeza do templo também era outro grande acontecimento, todos os dias às três da manhã e às três da tarde pessoas voluntárias, com baldes e vassouras de palha em cabos pequenos lavavam o piso do grande complexo, uma extensão de mármore gigantesca que formava pequenos espelhos de água refletindo o sol no alvorecer. Uma imagem inesquecível aos olhos de Helena. A construção desse complexo foi concebida como um lugar de culto para homens e mulheres de todas as posições sociais e de todas as religiões, para de maneira igual vir e adorar a Deus. Pode-se entrar no templo pelos quatro lados da edificação, como um símbolo para aceitação e abertura, dando boas-vindas a viajantes de todas as direções.

Quantas vidas cabem em mim?

Helena sentiu a energia muito forte dentro do templo e entrou com facilidade em estado meditativo, sentia-se numa outra frequência, era como se tudo à sua volta tivesse desaparecido, ela apenas ouvia o som dos instrumentos de percussão tocados e mergulhou num silêncio interno profundo, que foi uma sensação semelhante à que viveu quando estava sozinha em jejum na montanha da Busca da Visão no Equador.

No complexo do Templo Dourado, Helena deparou-se com algumas árvores centenárias, uma delas considerada ainda mais especial, estava delimitada por uma cerca dourada. A história da árvore começou num reinado não muito longe de Amritsar, onde a princesa Rajini ousou desafiar o pai, que insistia em dizer ao povo do reino que ele era o próprio Deus. A princesa discordava e foi obrigada pelo pai, como punição, a casar com um homem que tinha lepra. A princesa casou-se de forma abnegada, cuidou do marido, e por onde ia o carregava na cabeça como se fosse um balde ou cesto cheio de um líquido precioso que não podia ser derramado. Um dia o casal viajou até Amritsar. Quando chegaram na cidade, descansaram sob essa árvore diante da Sarova. Conta-se que Guru Ram Das teria sentido a presença de Rajini e pediu para um mensageiro ir buscar a princesa. O marido ficou descansando e ali adormeceu, sonhou com pássaros pretos que mergulhavam no lago e saíam brancos. O marido acordou e arrastou-se até o lago, jogou-se nas águas e saiu de lá sem nenhum sinal da lepra. Esse milagre foi um marco para que as orações deixassem o subterrâneo e para que as mulheres passassem a participar da espiritualidade. Nessa época os homens é que rezavam, e o faziam em cavernas subterrâneas. Com a chegada de Rajini e a cura do seu marido, a tradição saiu dos subterrâneos, emergiu à superfície e as mulheres deixaram de estar escondidas em seus lares, homens e mulheres passaram a rezar em público.

Ramesh explicou para Helena que uma das primeiras tradições espirituais da Índia era chamada Snatam, que significa Universal, as práticas eram ligadas ao poder do som, aos mantras, com o passar do tempo é que as tradições foram se subdividindo, nascendo o que conhecemos no ocidente por Hinduismo, Budismo, Jaonismo, Sikhismo.

Depois de algumas semanas em imersão na cultura Sikh, o grupo de Gil se preparou para seguir viagem, mas Helena permaneceu em Amritsar, já estava bem ambientada na cidade e sentia-se acolhida e segura em seguir sua jornada sozinha, também sentia um chamado em aprender com Ramesh. E, para ajudar na sua decisão de ficar, soube que em breve aconteceria na cidade um festival de pipas e ela estava muito curiosa para presenciar, queria relembrar os seus tempos de infância em Campina Grande, quando em agosto as crianças tinham o costume de soltar pipas e aconteciam competições. O grupo seguiu viagem, ela permaneceu no Ashram, conseguiu entrar no programa de voluntariado e passou a trocar hospedagem pelos serviços de jardinagem e de auxiliar de cozinha. O festival de pipas de Amritsar tinha proporções inimagináveis pela Helena criança. Todas as casas tinham pessoas soltando pipas, o céu era um colorido infinito de triângulos balançando ao vento, amarrados por fitas que mais pareciam serpentes domesticadas.

Depois que ficou sozinha no Ashram, Helena tornou-se aprendiz de Ramesh, conversavam muito sobre as diferenças culturais e religiosas de seus países, e também identificavam muitas semelhanças. Ramesh dizia que o corpo e a mente são ferramentas para conexão com a alma, com a espiritualidade. As pessoas podem trabalhar o corpo de diversas maneiras, a alma de outras diversas maneiras. Mas, corpo e mente são ferramentas, e essas ferramentas são imperfeitas. O ser humano pode aprofundar suas experiências no uso dessas ferramentas, pode melhorar, buscar o que é possível conquistar dentro dessa imperfeição, para que corpo e mente auxiliem as pessoas a viver o chamado da alma, e isso acontece através da espiritualidade. Dentro dos estudos, Helena foi iniciada na prática de *sadhana*, termo sânscrito para definir prática espiritual diária. O objetivo do *sadhana* pode ser interpretado como cada passo que a pessoa dá para realizar seu destino de ser livre, é o envolvimento compromissado no trabalho sobre si, para alcançar a meta do Yoga, a libertação, a transcendência do fenômeno de existir, união absoluta entre o ser criado e a fonte da criação.

Ramesh passou uma prática para Helena iniciar um trabalho de *sadhana*. Pela data de nascimento de Helena o guru fez a numerologia tântrica de Helena e identificou que a área da vida que ela deveria fortalecer era a concentração e o foco, a conexão com sua antena que captava as percepções do mundo, sua linha do arco. O arco de luz ou a linha de arco é o núcleo da aura, é um halo de luz que vai de orelha a orelha, que vemos com frequência representado na figura dos santos e santas, ao redor da cabeça. A prática envolvia várias etapas, começava com um mantra inicial para que ela se conectasse com a espiritualidade, a fonte criativa universal. Depois ela deveria fazer um *pra-*

nayama, um exercício de respiração para abrir os canais energéticos. Só então começaria o *kriya*, um conjunto de posturas, exercícios que tinham por objetivo nutrir e fortalecer o seu sexto *chakra* e a linha do arco. Do começo ao fim da prática, Helena deveria permanecer de olhos fechados, concentrando-os no ponto entre as sobrancelhas onde está o sexto *chakra*. A série tinha oito exercícios, alguns de fácil execução e outros que pareciam impossíveis de realizar. Helena deveria dedicar de um a três minutos em cada exercício. Não poderia fazer três minutos dos mais fáceis e um minuto dos mais difíceis, todos deveriam ser executados com a mesma duração. Ramesh explicou cada um para Helena e fez um desenho rudimentar de cada exercício, para que Helena pudesse acompanhar na sua prática sozinha.

Após a série viria a parte final, a meditação. Na prática meditativa Helena deveria sentar-se na postura fácil, com as pernas cruzadas em frente ao corpo e a coluna reta. O queixo deveria ficar levemente para dentro e as mãos precisavam estar posicionadas em frente ao corpo em formato de punhos, com os polegares apontando para o alto. A mão direita deveria ficar em frente a garganta com a ponta do polegar ao nível da boca. A ponta do polegar esquerdo mantida a uma distância de cinco centímetros abaixo da mão direita.

Com a postura estabilizada, Helena deveria regular a respiração inspirando profunda e rapidamente e de imediato exalar poderosa e completamente. Então, deveria suspender a respiração com o peito levantado, contando até vinte e seis enquanto visualizava a energia do corpo movendo-se da base para cima na coluna, vértebra por vértebra. Em cada contagem também deveria aplicar gentilmente uma leve contração nos esfíncteres e umbigo, impulsionando ainda mais a energia da base da coluna ao topo da cabeça. Os olhos deveriam ser mantidos apenas 1/10 abertos, com foco no ponto entre as sobrancelhas. Eram muitos detalhes para se atentar, a prática era extremamente avançada, exigiria muito de Helena sustentar a postura de modo preciso, se concentrar e visualizar a energia fluir perfeitamente. Mas, apesar de sentir-se pequena diante de tamanho desafio, sabia que o benefício compensaria, Ramesh explicou que a prática daria estabilidade ao sistema respiratório de Helena, acentuaria o seu sentido do ser, aumentaria o bom julgamento e eliminaria medos conscientes e inconscientes.

Ramesh incentivou Helena a superar os desafios da mente que a assustavam, que lhe diziam que era muito difícil, Ramesh disse a Helena que ela era sim capaz, que deveria persistir e alcançaria seu propósito. Ela deveria fazer todos os dias, por quarenta dias, sem parar nenhum. Caso parasse um dia teria que recomeçar a contagem do dia um.

Com medo de desistir e ter que recomeçar, Helena decidiu esperar uns dias para a mente ir se acostumando com a ideia da disciplina com a prática, para só então iniciar o compromisso. Mas, no dia seguinte já acordou antes do costume, foi natural e ela não queria levantar, tentou dormir de novo e não conseguiu. Lembrou das palavras de Ramesh: "quando se acorda mais cedo é importante aproveitar para meditar". Helena decidiu fazer só uma parte do *sadhana*, a meditação apenas, seria um pequeno teste, ainda sem o compromisso dos quarenta dias. Foi no amadorismo, sem aquecer o corpo e até esqueceu de fazer o mantra inicial de conexão, que é feito sempre antes das práticas. Conseguiu meditar por onze minutos e foi difícil manter a meditação, em especial a instrução dada por Ramesh de manter ao mesmo tempo o olho entreaberto e o foco de atenção no centro da sobrancelha, algumas vezes o olho fechava, em outras o olhar desviava do terceiro olho para a ponta do nariz. Também teve muita dificuldade em segurar a respiração com pulmão vazio, poucas vezes conseguiu contar até vinte e seis sem ar, quando chegava no doze, quatorze, acabava puxando involuntária um pouco de ar pelas narinas. Também não conseguiu visualizar a energia e consciência subindo ao longo da espinha durante o período de segurar a respiração. Mas, mesmo com todas as dificuldades, sentindo que foi tudo um desastre, ao final da prática a sensação era de disposição e iniciou o dia com esperança.

No dia seguinte testou a prática de exercícios físicos, fez um minuto de cada postura, e dessa vez fez mantra inicial, final, tudo certinho. Teve dificuldade em uma das posturas em que, deitada de costas no chão, apoiava o corpo apenas pelos cotovelos e sola dos pés, precisava manter o quadril elevado. Não conseguiu, achava que o problema era a bunda grande, pesada demais para se afastar do chão na altura suficiente. Depois fez apenas três minutos da meditação e sentiu que conseguiu manter a postura um pouco melhor que no primeiro dia, concluiu que as práticas físicas tinham preparado o corpo para a meditação, por isso o resultado havia sido melhor que no dia anterior. Uma pequena evolução, dia-a-dia e sentia que precisava testar mais um pouco antes de assumir o compromisso dos quarenta dias seguidos, queria organizar a rotina para

Quantas vidas cabem em mim? 117

que a prática fluísse com disciplina e harmonia, não queria interromper, tinha vergonha de fracassar e medo de recomeçar do dia um, o que tornaria a experiência exigente muito mais longa.

Durante a noite sonhou com a morte de um dos filhos de uma amiga muito querida que trabalhava com ela na Canhota, acordou preocupada com o significado disso. No sonho havia tristeza, mas também serenidade. Helena consolava a amiga. Conversou com Ramesh sobre o sonho e ouviu possíveis interpretações, algumas sombrias, outras não. A que fez sentido para Helena foi de que sonhar com morte de criança pode simbolizar o fim da infância e início da idade adulta. O que coincidia com as jornadas e reflexões que Helena vinha fazendo desde a morte do pai, desde que deixou o Brasil, sobre ego, atitudes infantis perante a vida, que vinha trazendo à consciência para se libertar, com ênfase para os ciúmes e inseguranças nas relações afetivas, pensava que essa morte poderia simbolizar também o fim definitivo da relação com Antonio, mas tinha medo de admitir essa insegurança, porque seu coração queria reencontrá-lo, porém, não via perspectivas para isso.

Desde que deixou Manaus, Helena sentia uma dor muscular persistente, uma tensão que irradiava pelo pescoço, ombros e maxilar. Essa dor foi uma companhia desagradável que trouxe ainda mais desafio e ficou mais evidente com a prática do *sadhana*.

No último dia, antes de começar para valer o *sadhana* de quarenta dias, Helena fez a prática física dedicando um minuto para cada exercício e cinco minutos na meditação. Ainda com dificuldades em sustentar o quadril elevado num dos exercícios e sem conseguir na meditação superar a respiração suspensa por mais de vinte e seis segundos. Chegava na contagem de vinte com conforto, vez ou outra, em vinte e seis, com algum sofrimento.

No primeiro dia oficial do *sadhana* acordou antes de o sol nascer, fez um minuto cada postura e sentiu que foi pouco tempo, que era apenas o começo. Optou começar com um minuto em razão da postura de manter o quadril elevado que ainda era muito difícil. Fez os onze minutos de meditação ainda se perdendo nas armadilhas da mente, esquecendo todos os pontos de concentração que precisava manter durante a meditação. Mas, começou com o sentimento de superação, acordar cedo, no frio e se dedicar a essa rotina em busca de uma frequência vibratória mais elevada para melhorar sua relação consigo, com as demais pessoas, com a natureza, o seu entorno.

A primeira semana de *sadhana* trouxe o desafio grande de tentar acalmar a mente, concentrar em cada atenção que os exercícios exigiam. Em alguns dias, no lugar de colocar o cobertor sob os cotovelos como orientou Ramesh, dobrou várias vezes e colocou sob os glúteos para manter o quadril elevado, em outros dias apenas desistiu de sustentar a postura, sentia vontade de chorar, mas sufocava o choro, era difícil lidar com o fracasso. E, tiveram dias em que chorou mesmo, um choro preso que escapava em soluços, uma vontade de liberar as couraças do peito, de amar sem dor, de expulsar medos, insegurança, apego, autopiedade. O encontro com uma Helena pequena e assustada dentro da mente inquieta, a vontade conflituosa de ora expulsar, ora abraçar e acolher a criança, de amar e ser amada, sem apegos, sem fantasmas, de forma livre e plena. Numa das práticas, além da Helena assustada apareceu

Quantas vidas cabem em mim?

uma Helena iluminada, até que as Helenas tornaram-se uma no encontro do abraço.

Helena sentia que estava vivendo uma transição de paradigmas, nos últimos dias a dor muscular no ombro e pescoço tinha voltado de forma intensa e ela procurava estar atenta ao tensionamento ao longo do dia e relaxar, sentia estar desenvolvendo uma consciência maior das armadilhas e enganos do ego, observando a ansiedade e não reagindo a ela.

Na segunda semana acordar cedo passou a ser ainda mais difícil, vontade de não fazer o *sadhana*, de permanecer dormindo. Sentia-se exausta, frustrada, a mente parecia um cavalo indomado, trazia o sentimento de culpa. A ausência de paz inundava Helena. O cotovelo estava machucado, sangrava um pouco e tornava ainda mais difícil manter o quadril elevado, ainda precisava usar apoio.

Ao final da segunda semana sentia uma pequena evolução, um dia após o outro e a mente estava disciplinada em superar respeitosamente os seus limites. Enfim, seguiu a orientação de Ramesh e passou a usar o cobertor nos cotovelos para não sentir tanto a dor dos machucados, dispensou o apoio embaixo do quadril. Ficou feliz com a evolução. Sentia a mente um pouco mais serena, com pensamentos não se fixando tanto, apesar de ainda não conseguir sustentar todos os pontos de concentração que a prática de meditação prescrevia. Algumas vezes sentia a vontade de parar antes de terminar o tempo da meditação, mas seguia em frente até o final, vivendo o duelo interno das facetas da mente desejando objetivos opostos.

O desafio diário do *sadhana* na busca incessante por transformação, melhoramento, mudança, estava pesado.

Em alguns dias era inevitável o choro do cansaço, o choro das emoções contidas na busca pelo equilíbrio, na tentativa de ser compreensiva e paciente ao lidar com os seus conflitantes desejos e quereres. Tristeza e frustrações represadas se manifestavam pelo choro. Sentia e acreditava que as lágrimas iam lavando o lixo interno do passado, que o peso todo que vinha carregando estava aos poucos se dissipando, era preciso paciência, graça e coragem para continuar. A leveza chegaria, Helena confiava nisso.

No passar dos dias Helena conseguia perceber com mais facilidade os pontos tensionados no corpo, tanto nas práticas de yoga como nas demais atividades do dia, a consciência da tensão levou a soltar, a relaxar, a reprogramar a reatividade corporal. Ao chegar na metade da jornada Helena já se sentia bem mais conectada na meditação, sentindo melhor o fluxo da energia e consciência subindo ao longo da coluna, uma conexão mais próxima do vazio, sensação de bem-estar profundo.

Já havia passado da metade do propósito dos quarenta dias e entrou na contagem regressiva para finalizar o *sadhana*, não via a hora de terminar, sentia-se cansada. Teve uma noite ruim de sono, levantou duas vezes para ir ao banheiro, o que quase nunca lhe acontecia, chegou hóspede novo no Ashram durante a noite e o ruído pode ter atrapalhado o sono de Helena. Teve sonhos fortes com medo, animais selvagens e sexualidade, acordou com uma dor muito forte de tensão no maxilar e ombros, bem mais forte do que estava habituada a sentir ao despertar. A confusão mental estava intensa, a dor muscular crônica no maxilar e pescoço. Resignava-se acreditando que era o sacrifício necessário para a mudança, para a limpeza. A dor fustigava, mas Helena pensava no propósito, na intenção da transformar-se para uma vida melhor, para dar lugar ao novo, a uma vida mais em paz, sem essa dor que a atormentava, sem a culpa por não conseguir acalmar os pensamentos, sem a busca louca por metas e sonhos, para dar lugar a uma postura diante da vida de mais entrega à fonte criadora e amorosa do universo.

Faltavam apenas cinco dias para concluir o desafio do *sadhana* e Helena se sentia determinada a ir até o fim, e quando resolvesse o problema das tensões e dores, retomaria no futuro uma nova prática que pudesse fazer por noventa, cento e vinte dias, sem lesionar o corpo. Não dormia muito bem naquela reta final, sonhos bem perturbadores, com mortes, crimes, assassinatos, incêndio, destruição. Acordava com muita dor no maxilar e ombros, em alguns dias sentindo até a língua amortecida. A mente ficava agitada para fazer a prática, não conseguia entrar em meditação, as ondas mentais estavam incessantes. A dor e o sono perturbado fariam parte do processo de liberação desencadeado pelo *sadhana*? Seria só ansiedade por estar na reta final? Ou haveria outro fator desconhecido a ser observado? Helena não tinha resposta para essas perguntas. Tinha a sensação de ser uma lagarta querendo virar borboleta e a dor ser fruto do esforço da lagarta para romper o casulo. Ansiava por esse rompimento, por se libertar das couraças e da dor. Ansiava também por se libertar daquela postura de elevar o quadril.

Desejou que o dia quarenta fosse especial, com cuidado e carinho em cada exercício. Assim o fez como uma celebração por ter concluído o desafio, em cada postura, cada respiração estava presente, grata. Foi tudo perfeito.

Inclusive a desafiadora postura do quadril elevado, manteve por quarenta e cinco segundos e depois mais quinze, e sentiu o efeito da prática sem frustração e com satisfação por chegar até o fim. Um marco, acreditava que a finalização da jornada de quarenta dias seria o início de muitas jornadas futuras. Helena estava contente por esse início e determinada a prosseguir na jornada do yoga, no peregrino caminhar em busca da cura da ignorância de si mesma, em busca da sua essência verdadeira. Estava agradecida pela oportunidade de estar na Índia, de conhecer o yoga, sentia-se privilegiada pelas graças e bênçãos da vida.

Para celebrar a conclusão dos quarenta dias de *sadhana*, Ramesh convidou Helena a fazer uma pequena viagem para a cidade de Goindwal, distante uma hora de Amritsar, onde estava edificado um outro templo Sikh, que tinha uma escadaria subterrânea que chegava a um pequeno poço de águas consideradas sagradas. Lugar de peregrinação de pessoas em busca de milagres. A escada de oitenta e quatro degraus servia de propósito meditativo. A escada tem um muro no meio que a divide em dois lados, um para as mulheres e outro para os homens. O ritual é entoar um mantra em cada um dos degraus, chegar ao fundo onde está o poço, banhar-se nas águas geladas e retornar entoando também o mantra em cada um dos degraus. Há pessoas que entoam mantras longos e levam dias para completar o ritual. Ramesh foi um desses, num momento de sua vida, quando seu pai estava muito doente entoou o Jap Ji Sahib, um Shabbad, uma oração em forma de cântico que leva em torno de meia hora para ser entoado completo. Ramesh levou três dias para completar o ritual. Seu pai foi curado. Helena ao chegar na entrada

Quantas vidas cabem em mim? 123

da escadaria ainda não sabia o que entoar. Dentro da sua indecisão aos poucos uma voz foi se sobressaindo no seu coração, ela começou a entoar em silêncio Guru Ram Das, talvez pelo tanto que ouviu falar dele no Golden Temple. Quando chegou ao final da escada, tirou a roupa ficando apenas de calcinha, agarrou-se às correntes que ficavam na borda do poço e mergulhou dezenas de vezes, em cada uma alguém de suas relações vinha em seus pensamentos, ela sorria e enviava suas bênçãos. Quando terminou o ritual retornou ao pátio do templo, esperou até que Ramesh saísse pelo lado masculino da escada. Ficaram ali em silêncio sentados no chão de mármore branco por longas horas, sem sentirem o movimento do tempo. Vivenciavam a frequência meditativa do lugar como se fossem o próprio lugar. Ramesh foi um mestre para Helena, o sentimento de gratidão que ela demonstra ter por ele é tocante. Um homem que ensinou pela palavra, pelo silêncio, pelas ações, pelo brilho e ternura do olhar, pelo recolhimento e acolhimento. Na Índia cumpriu vários papeis para minha avó. Foi pai, filho, irmão, amigo. Foi com ele que Helena seguiu seu roteiro pela Índia, Ramesh de tempos em tempos levava pequenos grupos aos Himalaias para passar temporadas estudando yoga. Helena uniu-se a ele numa dessas Yatras, que são as viagens sagradas ao encontro da alma, bem diferente das viagens com propósitos históricos, jornalísticos ou turísticos. Além de Helena e Ramesh o grupo tinha um casal da Alemanha e um rapaz indiano de Nova Delhi.

Ramesh organizou a logística da viagem, destinos a serem visitados, reserva de acomodações, transporte, carregava malas, abria portas, preparava o chá e, muitas vezes, a comida. Buscava os melhores lugares de câmbio para trocar as moedas estrangeiras por rúpias e conseguir melhor taxa, indicava lojas, carregava sacolas, tirava o guardanapo sujo da mão de alguém que acabava de comer algo e ele mesmo ia depositar no lugar adequado, não media esforços para que as pessoas pudessem se sentir bem, para aliviar os que tiveram problemas de saúde, ou qualquer mal-estar. Servia a todos o tempo todo. Todo esse trabalho prático já era parte de seu mais importante papel: mestre, guia espiritual.

No serviço ensinou a servir, a respeitar o outro, a acolher. Como mestre, Ramesh levou Helena além, na poesia da sua fala compartilhou sua luz e seu amor, seus conhecimentos e vivências mais profundas, frutos de sua vida espiritual iniciada desde menino. Ramesh conta que quando era criança ficava brincando de fechar e abrir os olhos para tentar mudar a forma das coisas, numa das vezes que fez essa brincadeira, observando que as coisas ficavam de outro jeito conforme os olhos estavam mais ou menos abertos, teve a percepção de que as coisas poderiam não ser do jeito que elas eram vistas, podiam ser de outro jeito, o que aumentou seu anseio por descobertas, pela investigação da vida. A vida não é o que parece porque depende de como a olhamos, como nossos olhos se colocam. Há sempre uma lente temporal, referenciais políticos, sociais, culturais, religiosos, familiares, que afetam o nosso olhar sobre a vida. Helena ouvia Ramesh por horas e horas a fio, sem se cansar ou se distrair. Ela o descreve como um ser de sabedoria hipnotizante.

Nessa jornada minha avó tentava identificar quais lentes precisariam ser desfeitas, buscava nos templos e na

Quantas vidas cabem em mim? 125

natureza encontrar a paz para conectar-se com sua alma. Mas, percebeu ao longo da vida que é no encontro com as pessoas que reconhece o paradoxo da natureza divina presente e as diversas perspectivas humanas de desfrutar ou de lutar com essa existência terrena. Uma viagem com propósito de aprendizado espiritual traz à tona processos pessoais profundos, dos quais não se tem como fugir. Lidar com as diferenças das pessoas que conviveu fora de casa foi um grande aprendizado para Helena. Cada pessoa tinha um ritmo diferente, vinha de uma trajetória distinta e reagia ao ritmo da viagem às suas maneiras. Conectar-se com a essência de cada pessoa, sem deixar-se ferir pelas dores que cada ser vivente carregava, conseguir olhar para a beleza de cada alma nesse cenário, muitas vezes foi desafiador, e muitas vezes Helena perdeu-se nesse desafio, especialmente com Bima, o indiano de Nova Delhi, que estava sempre atrasado, ou falando alto, num descompasso com o que Helena pré-concebia por conexão espiritual.

Em outros momentos acontecia a conexão de forma inesperada com pessoas desconhecidas, fluindo de uma forma tão natural, que bastava estar presente. Ao chegar aos pés dos Himalaias Helena conheceu um vendedor de tigelas tibetanas, Taj. Helena entrou na loja para ver uma calça para práticas de yoga. O interesse de Helena de imediato desviou-se da calça para as tigelas tibetanas. Ela já estava namorando esse artefato desde o início da viagem, quando viu as mais diversas formas, tamanhos e texturas das tigelas de Taj ficou hipnotizada. Taj não era apenas vendedor, era também um curador, um homem pequeno de estatura, corpo magro, parecia frágil, mas ao compartilhar seus conhecimentos sobre as tigelas tibetanas mostrava ser imenso na sutileza da sua presença, o coração dele vibrava ao ponto de fazer o coração de Helena também vibrar. Taj falou sobre os metais que eram usados nas tigelas, apontava as marcas do trabalho manual nas peças, ensinando Helena a diferenciar as peças legítimas para o som de cura, das peças feitas para enganar turista. Com suas pequenas e suaves mãos Taj manuseava as pesadas tigelas com uma leveza impressionante. Taj abriu sua pequena loja, seus conhecimentos e sua alma para proporcionar à Helena uma conexão indescritível de paz, gratidão e amor verdadeiro. O indiano convidou Helena a deitar-se no tapete que havia no meio da loja, depois colocou uma tigela no coração de Helena, despejou um pouco de água dentro da tigela e com o bastão tocando de forma suave pelo lado de fora da tigela, foi fazendo o som ecoar na água, no corpo de Helena e por todo o espaço, durante alguns minutos Helena se entregou ao som. Ao terminar, Taj disse a Helena que despejaria a água na terra para transmutar tudo que foi tirado de peso do coração de Helena. Ela saiu mais leve da loja, foi um dos momentos mais especiais para Helena na Índia. Ela jamais o esqueceu e ainda tem em seu altar um pequeno elefante de metal que ganhou dele.

A cada novo lugar que Helena conhecia tinha sensação de que a viagem já poderia terminar, já tinha valido a pena cruzar o oceano, ter deixado o Brasil, as emoções que viveu na Índia minimizavam a saudade pelo não vivido com Antonio, os meses embaçavam as lembranças e a cada amanhecer uma nova incrível experiência proporcionava a sensação de gratidão no coração.

Viajar pela Índia trouxe para minha avó a imensurável oportunidade de aprendizado diário, de mergulhar nos

Quantas vidas cabem em mim? 127

subterrâneos da sua escuridão, olhar no olho dos monstros mais assustadores e inquietantes que habitavam suas profundezas, sentir um turbilhão de emoções, dores e fazer as pazes com suas sombras. Aprendeu a caminhar lado a lado com seus monstros sem se assustar com eles. Em muitas oportunidades deixou a catarse tomar conta das suas emoções e quando passou a se sentir a poeira dos pés dos mestres, como é costume dizer na Índia, recebeu a graça de estar na luz e frequência de quem já estava a passos largos à sua frente nessa jornada, Ramesh, o mestre que a guiava, e todas as pessoas que conhecia pelo caminho. Seu coração converteu-se em pura gratidão e verdadeiro amor pela vida.

Nos Himalaias, Helena também teve a oportunidade de estar na presença do Dalai Lama, que tinha acabado de vir refugiado do Tibet. Helena tinha a sensação o tempo todo de estar dentro de um livro, parecia tudo muito distante da realidade dela para ser verdade o que estava vivendo. Lidar com a temperatura muito fria também foi um grande desafio nas montanhas. Helena estava indisposta no dia da visita ao templo do líder budista, acordou com o corpo fraco e o nariz com coriza, mas foi. Depois de ouvir o Lama sentiu o corpo mais disposto, estar tão próxima de um homem como ele foi por si só curativo. Ouvir a sabedoria e a serenidade de alguém com essa história foi algo impressionante para a curiosidade espiritual de Helena.

Estar nos Himalaias foi viver a união dos templos com a natureza, foi como estar no mundo divino. De forma impressionante e fácil Helena entrava em estado de meditação, algo que ela não conseguia manter de forma duradoura nas práticas do *sadhana*, de repente nos Himalaias acontecia sem esforço, ou talvez, ela se perguntava, tenha sido o trabalho pessoal do *sadhana* que a preparou para acessar esse estado sem esforço na presença de um líder espiritual, no meio da natureza, muitas árvores, água corrente, o ambiente perfeito. A sensação de paz e de tranquilidade tomou conta de Helena. Dharanshala recebeu e recebe ainda hoje a maioria dos tibetanos refugiados na Índia. Há um vilarejo por lá onde as lojinhas são de presidiários. Os presidiários são trazidos todos os dias de manhã para trabalhar no comércio e ao final do expediente voltam sozinhos ao presídio. É uma área militar, de segurança máxima, por conta da presença do Dalai Lama.

Depois de conhecer um pouco do Budismo, o grupo voltou a mergulhar na tradição Sikh, numa viagem até a cidade de Anandpur Sahib. Nesse lugar o décimo guru Sikh, Gobind Singh viveu muitos acontecimentos que marcaram a história da Índia. Em 1699, Guru Gobind Singh fundou o Khalsa panth e reuniu uma grande milícia armada para lutar contra os mogóis (Mugals), um povo cujo império dominou toda a região do subcontinente indiano.

Helena também viveu sua guerra pessoal em Anandpur. Durante a viagem o grupo tinha a rotina de acordar muito cedo para meditar, entre cinco e seis horas, antes de o nascer do sol, e Helena se deu conta de que era sempre a primeira a estar pronta, esperando pelos outros, às vezes por horas. E quando os outros chegavam, chegavam todos juntos, no horário marcado. Numa dessas meditações o grupo estava em total descompasso na hora de entoar os Shabbads. Ramesh, que conduzia, ía num ritmo sereno enquanto Bima acelerava o entoar das palavras, criando desarmonia. Ramesh tentava uniformizar o ritmo, parando algumas vezes e retomando mais lento, mas Bima es-

Quantas vidas cabem em mim? 129

tava mergulhado em si, seguia atropelando os versos do Shabbad sem dar-se conta que era uma meditação coletiva. Helena julgou o ritmo acelerado e considerou falta de noção de Bima em não acompanhar Ramesh, o julgamento foi um veneno para seu sistema interno, que se contorcia, revirava as vísceras, comprimia os pulmões, descompassava os batimentos cardíacos. O julgamento de Helena tornou-se seu algoz, ela não conseguiu mais entoar, sentiu um mal-estar tão grande crescendo a cada estrofe, até que não suportou mais, cinco e meia da manhã as lágrimas estouraram da retina sem parar. O copo de água que estava ao seu lado caiu e espatifou no chão.

Quando saiu da meditação para a sala de prática de yoga mais um copo se quebrou. O choro persistia e Helena não conseguia fazer nada, só chorava. Uma das reflexões que esse dia lhe trouxe foi que o excesso de pontualidade que lhe acompanhou durante toda a viagem, desde o início lá na América Latina talvez fosse o medo de ser esquecida, abandonada, deixada para trás, fazendo um paralelo com o sentimento que tinha pela morte precoce do pai, que a deixou para trás, a abandonou cedo demais.

A necessidade de ser perfeita, responsável, a que faz tudo certo, talvez por ser a mais velha da família, também recebeu os holofotes. De onde viria esse excesso de responsabilidade? Por quê? Qual o propósito desse anseio pela medalha, pelo reconhecimento, pela vitória? Por que seu ego precisava tanto ser visto e apreciado? Só seria amada se fosse perfeita? Passou o dia nessas reflexões e lágrimas.

Durante a tarde o grupo foi a um outro templo construído numa montanha, de onde era possível ver toda a cidade e arredores, com uma vista privilegiada para o pôr-do-sol. Somente nesse momento é que suas lágrimas cessaram e Helena conseguiu viver um estado muito profundo de meditação. Todos os pensamentos que oscilaram o dia todo, trazendo julgamentos e penitências, desvaneceram. Ela só ouvia o som dos instrumentos de percussão que tocavam dentro do templo e as palavras que eram entoadas, mergulhou sem saber o significado do que escutou, apenas sentiu a frequência elevada daquele som. Ganhou distância da mente, mergulhou na tranquilidade da alma, na bênção, num sentimento de gratidão pela vida que transbordava para além dela, além daquele templo, além daquele país, além daquele continente. Deu-se conta do profundo que entrou quando voltava do estado meditativo, quando voltou a perceber seu corpo, sua presença e o ambiente em que estava. O grupo já havia saído do templo e ela levou sua testa ao chão agradecendo àquele lugar, às pessoas que a acompanhavam e àquela viagem pela experiência tão forte e intensa de encontro com a paz da sua alma.

Aprendeu nessa experiência que quando a catarse chega é preciso deixar o corpo sentir, observar o oscilar da mente, das emoções, aquietar o desejo de conter a erupção da lava quente que borbulha dentro de si e ouvir a voz da alma para reconectar com o equilíbrio. Viver cada situação com a consciência da transitoriedade da existência, a dor vem e vai, a euforia vem e vai, só o amor fica, está sempre presente, porque é a matéria-prima do ser.

O grupo estava na estrada há alguns meses e conviver com as mesmas pessoas por tanto tempo exigia o exercício diário de aceitar e se resignar ao diferente ritmo dos passos alheios. O que era um desafio para Helena, sempre

Quantas vidas cabem em mim? 131

organizada, pontual, procurando não dar trabalho para ninguém. Algumas pessoas reclamavam o tempo todo, da hospedagem, da comida, do transporte, da programação, ora do excesso de práticas e estudos, ora de que eram poucas práticas e estudos. As divergências de Helena e Bima sobre os aprendizados nas aulas de Ramesh também causavam desarmonia. As perguntas de Bima ao mestre sempre tinham uma história pessoal dele envolvida, aos olhos de Helena, Bima competia pela atenção de Ramesh, o que a irritava muito, hoje ela admite que sua irritação era fruto de ciúmes que ela tinha do mestre e reconhece que ela também queria ter a atenção, ter o mérito de ser uma ótima aluna. A insatisfação no grupo estava sempre presente, a todo momento alguém manifestava sua frustração. Percebia que cada pessoa, à sua maneira, vivia os mesmos processos de administrar seus diferentes conflitos internos e como era desafiador viver isso em grupo. Mas, ao mesmo tempo via como era uma bela oportunidade de aprender com os processos de quem caminhava ao seu lado.

Depois de um período longo de viagens cheia de compromissos, visitas, roteiros, logística apertada, o grupo foi para Kasauli, uma região muito tranquila de montanhas, se hospedaram num Ashram longe da cidade, em busca de uma pausa para as emoções reviradas. Num ambiente quieto e acolhedor, a receptividade da equipe que trabalhava no lugar impressionou Helena. Iniciava uma nova etapa na jornada de estudo do yoga para Helena, menos viagens e mais tempo num mesmo lugar se aprofundando nos saberes ancestrais da Índia.

Com essa estabilidade geográfica Helena decidiu enviar mais que postais às irmãs. Dessa vez escreveu uma longa carta contando de forma mais profunda as experiências que estava vivendo. Contou sobre o *sadhana* de quarenta dias, a visita à cidade do Dalai Lama, falou da admiração por Ramesh, e contou um pouco de tudo o que vivera até ali, inclusive do quanto achava Bima inconveniente. Depois de postar a correspondência, percebeu no vilarejo uma Igreja, primeiro sinal de Cristianismo que Helena viu na Índia. Intrigada com a descoberta entrou sozinha no templo cristão. Foi até o altar, ajoelhou-se no genuflexório em frente ao sacrário iluminado por uma vela acesa, indicando que as hóstias estavam ali representando o corpo vivo de Cristo. Quando seus joelhos tocaram a almofada da madeira os versos da Salve Rainha fluíram contínuos em seus pensamentos. Há muitos anos Helena não rezava a oração, que veio nítida, automática, voluntária em sua memória. Imaginou que alguma senhora devota rezava essa oração todos os dias e os versos estavam ali, suspensos no ar, prontos para entrarem na mente de quem se ajoelhasse. Depois de dias entoando sânscrito, gurmukhi, os idiomas sagrados da Índia, voltar a rezar na língua materna a oração da sua adolescência trouxe um sentimento de estar em casa, mesmo estando há milhares de quilômetros de distância.

Helena assistia os altos e baixos da sua experiência de vida até ali como um filme no cinema, aprendendo que fazem parte da caminhada e que se forçar a estar sempre em equilíbrio faz com que se perca a oportunidade de viver com a integralidade do ser. Nesse período em que se estabilizou num só lugar percebeu que a estabilidade nada mais é que uma forma mais lenta de mudança. O elemento terra é a dimensão da matéria onde a impermanência é

Quantas vidas cabem em mim? 133

mais lenta. Mas, é na velocidade lenta da impermanência que qualquer construção torna-se possível. Assim, aprendeu com Ramesh que o primeiro componente de um asana é enraizar, estabilizar a postura, conectar com a terra. Para subir, ir alto no céu, voar, é preciso estar firme, profunda na terra, é preciso ter chão, raízes. Para incorporar a estabilidade é preciso prática, muita prática.

O segundo componente é o ponto *nabi*, três dedos abaixo do umbigo, lugar onde se conectam incontáveis canais energéticos. O movimento do exercício no yoga começa com o *nabi* e assim o corpo serve à energia, à consciência, para acessar a ampla dimensão da alma, a consciência de ser infinito.

Também foi com Ramesh que Helena aprendeu o conceito que mais fez sentido para ela da palavra *Gurudev*. Ramesh traduziu *Guru* como a dimensão de luz única, a plena lucidez e consciência, e *Dev* quando a lucidez é intrínseca, própria, já é assim desde sempre. Reconhecer o conceito de algo permite que um campo de possibilidades se abra para que a experiência espiritual aconteça. Ramesh foi e é um *Guru* para Helena, uma das pessoas fundamentais que a ensinaram a se conectar com a sua *Guru* interna. Foram várias as tradições que Helena se envolveu ao longo da vida, com a experiência foi abandonando regras institucionais que mais afastavam do que conectavam com a espiritualidade e compreendeu que tradição não é repetição do passado, é sustentação de um propósito usando ferramentas ancestrais capazes de trazer impactos necessários ao momento presente. Assim, o yoga brota, acontece, irresistível, selvagem, dando capacidade às pessoas da compreensão de si, de forma natural, permitindo que sejam plenas, autênticas, vibrem em harmonia com o universo, porque esse é o seu modo de ser.

Ramesh deu um exemplo para ajudar na compreensão de Helena. Citou a raiva. Quando se sente raiva, que função tem o acesso de raiva? O que a raiva tenta proteger? Quem sou eu? Que eu é esse que sente raiva? Explicou que quando se parte da auto investigação, no lugar de julgar certo e errado, a compreensão e a dissolução do eu surgem e os padrões limitados se dissipam. O oceano não existe sem as ondas, a vida não existe sem desafios. Apegar-se às ondas é inútil.

A cada novo dia, novas ondas, novos aprendizados. O yoga é um caminhar para acordar o ser humano dos sonhos que não lhe correspondem, do que não lhe é próprio. Yoga é uma consciência que se vive e não algo que se faz. Nenhuma experiência é boa se a pessoa não se tornar uma cientista de sua experiência, caso a pessoa se limite a ser apenas executora, não há crescimento.

Num desses dias em que Ramesh e estudantes subiam a trilha na floresta até o ponto mais alto para apreciar a chegada do astro rei, Helena e Bima tiveram mais um desentendimento. Ela queria subir em silêncio absoluto, ele insistia em tecer comentários sobre tudo que via, pensava, até um toco no chão ou o barulho de uma folha gerava assunto para o indiano. Quando não reclamava, Bima cantarolava músicas indianas. Helena já acumulava a tensão pelos insistentes atrasos de Bima que atrapalhavam a logística das atividades do grupo e estava ao ponto de explodir com ele. Tentou manter a calma, apressou o passo para afastar-se, mas queria mesmo empurrá-lo montanha abaixo. Chegaram ao mirante e todo o incomodo

Quantas vidas cabem em mim? 135

desapareceu diante do cenário divino, das cores do céu que aos poucos foram ganhando vida no horizonte. O calor dos raios do sol chegou na pele do rosto para aliviar o frio das montanhas, os pássaros cantavam saudando a luz que sucede a escuridão, uma sensação de paz invadiu Helena por completo.

Helena afastou-se um pouco mais do grupo, sentou-se numa pedra sob as árvores e vivenciou aquele espetáculo da natureza em solitude. Seus olhos se perdiam nos raios de sol. Entrou num estado meditativo profundo. Aos poucos um som externo a trouxe de volta. Ouvia baixinho o mesmo mantra que ela sussurrava, mas numa voz masculina, era uma voz doce, gentil, parecia um abraço que a envolvia com ternura.

alaikh hain, abhaikh hain, anam hain, akam hain.
adhai hain, abhai hain, ajeet hain, abheet hain.

Numa tradução livre, esse verso diz que ninguém pode fazer um desenho do que é a fonte da vida, ela não tem uma forma especial para se manifestar, não tem nome e não tem desejos, além da compreensão e mistério, é invencível, destemida.

Helena ficou curiosa, porque apesar da voz lhe parecer familiar, não conseguiu identificar com clareza de quem era, achou que fosse sua imaginação em voz alta. Abriu os olhos e deparou-se com Bima. A surpresa a trouxe de volta da paz meditativa, mas estava bem-humorada e provocou o colega:

— Não sabia que existia essa doçura em você, Bima?

— Ela só se manifesta em momento especiais — o indiano fez uma pequena pausa e seguiu — sei que você se incomoda com algumas atitudes minha, me desculpe. Ando inquieto com problemas pessoais que não consigo compartilhar com ninguém. Não falei nada antes, mas meu propósito em fazer essa viagem com Ramesh era de fugir de um compromisso de casamento, mas não deu certo, recebi uma carta de meu pai semana passada, não tenho mais como fugir, ele acertou meu casamento com a filha de um comerciante da minha cidade, eu não quero esse casamento, nem ela, mas na nossa cultura é assim, os casamentos são para o bem da família e não para celebrar o amor entre as pessoas que se casam. Eu nunca quis casar, sempre sonhei em passar a vida viajando, conhecendo o mundo e estudando outros idiomas e culturas.

— Eu não acho que sejam caminhos excludentes, é possível encontrar um amor que passe a vida viajando com você. É raro, mas possível.

—Talvez, mas esse casamento que meu pai quer pra mim vai me obrigar a ficar em volta da família, na minha cidade e eu queria ser do mundo até envelhecer. Infelizmente preciso cumprir meu destino, quem sabe numa próxima vida eu possa viajar por aí sem destino e sem data pra voltar.

— Sei lá, acho que até quem viaja muito uma hora quer voltar pra casa, quando eu saí de casa não imaginava que viria parar na Índia, o plano era ficar na América Latina, concluir as matérias para uma Revista e voltar para casa. Mas, foi acontecendo, os caminhos foram se abrindo e eu segui na estrada, nos mares. Eu amo viajar, mas sinto muita falta de casa, das minhas raízes, acredito que minha

Quantas vidas cabem em mim? 137

vida nas estradas será sempre intermitente, um tempo viajando, um tempo em casa. Viajar é muito bom, mas uma hora a pessoa quer o acolhimento do lar, não?!

— Talvez, vou pensar sobre isso, foi bom poder abrir meu coração pra você, Helena, obrigada!

— Às vezes é mais fácil falar de temas difíceis com quem não temos tanta intimidade, não acha?!

Helena estava surpresa com a conversa que acabara de acontecer, desconhecia aquela faceta do indiano. Nos dias que se seguiram, aos poucos, foram mantendo conversas mais amigáveis e sempre que podiam subiam juntos para acompanhar o nascer do sol e meditar na *golden hour* da manhã. Com a chegada de madrugadas ainda mais congelantes nos Himalaias, na desculpa de espantar o frio na meditação no alto da montanha, Bima sentou ao lado de Helena num amanhecer, mas tomou o cuidado de não tocar seu corpo. Quando as orações terminaram sussurrou no ouvido de Helena que o coração dele estava sempre em outro ritmo quando se aproximava dela. Helena afastou o ouvido da boca de Bima e ficou de frente para ele, sentiu-se mergulhar na própria via láctea ao conectar com as pupilas de Bima. Ainda experienciando o silêncio interno proporcionado pela meditação sentiu o abraço do hálito de Bima embaçando seus óculos.

Pensamentos voavam como um céu de estrelas cadentes, enquanto Helena mergulhava ainda mais fundo nos olhos de Bima. Estava paralisada, desconfortável por mais uma vez sentir o descompasso dos seus sentimentos, os lábios a milímetros de distância de Bima, os pensamentos na velocidade da luz viajavam a milhares de quilômetros e a fração de segundo parecia um dia todo.

Helena e Bima foram interrompidos por Ramesh, que reunia o grupo para voltar ao Ashram e antecipar a logística da viagem para o próximo destino. A viagem programada para dali uma semana seria naquela mesma tarde. Rumores se espalhavam pelo vilarejo de que as tropas chinesas estavam se aproximando da fronteira com a Índia e poderia haver confronto, precisavam deixar Kasauli sem demora. Naquele ano, 1962, a invasão chinesa levou a uma guerra breve e brutal, que resultou em uma humilhante derrota militar para a Índia.

Antes de o conflito começar, seguiram viagem a caminho de Rishkesh, conhecida hoje como a capital internacional do yoga. Helena deu um jeito de sentar-se longe de Bima durante a viagem para esquecer o que tinha vivido naquela manhã. Permaneceu concentrada na paisagem da estrada, com os pensamentos na despedida do Ashram em Kasauli. Apesar da iminência de uma guerra, foi um momento de muita ternura. A humildade e a abertura ao serviço dos indianos dos Himalaias era tão linda, tão pura, Helena sentiu uma dor física no centro do peito pela despedida e pelos riscos que aquele povo tão pacífico corria com a chegada violenta dos chineses.

Apesar da curta distância, menos de trezentos quilômetros, o trajeto entre Kasauli e Rishkesh durou mais de dez horas, a mobilidade na Índia andava a passos vagarosos. O grupo se hospedou num Ashram que tinha várias atividades para quem quisesse se aprofundar nas filosofias tradicionais da Índia. Tinha também aulas de dança indiana, jardinagem, meditações budistas. Uma vez a cada quinze dias havia um encontro especial com Ananda, o mestre espiritual da comunidade. Esses encontros são cha-

Quantas vidas cabem em mim? 139

mados na Índia de *Satsang*. *Satsang* é um termo sânscrito derivado de duas raízes: *Sat* significa verdade e *Sanghat* comunidade, é uma reunião de pessoas com o propósito de reflexão espiritual a partir do compartilhar de experiências de um *Guru*, mestre, professor, que responde perguntas das pessoas presentes, abrindo espaço para um diálogo espiritual. Helena teve a oportunidade de viver essa experiência com Ananda. Ela já ficava hipnotizada com as palavras de Ramesh, ao ouvir Ananda ficou ainda mais maravilhada. Um dos ensinamentos que ouviu e gosta muito de relembrar foi quando ele disse que existem três tipos de pessoas. Aquelas que ouvem por um ouvido e deixam sair pelo outro. Aquelas que ouvem e repetem o que ouviram, falando. E, por fim, há aquelas que ouvem e internalizam o ensinamento, o levam ao coração, vivem o ensinamento em seu dia-a-dia. Ao final Ananda perguntou: "Qual dessas três é você?".

Helena respondeu mentalmente que ainda era do segundo tipo, mas almejava alcançar a experiência de viver os ensinamentos yogis de forma natural em seu dia-a-dia. Ananda era um estudioso dos Vedas. Os Vedas são um dos manuscritos mais antigos conhecidos pela humanidade, reúnem um conjunto de conhecimentos, como o yoga, o ayurveda, a astrologia védica, o vedanta e muitos outros que configuram toda a tradição védica. Ananda estudou as escrituras védicas sozinho, morando numa pequena choupana às margens do Ganges. Outro ritual marcante para Helena em Rishikesh foi o ritual do fogo no Ganges, que acontece todos os dias quando o sol começa a se esconder atrás dos Himalaias. Para Helena o ritual tornou-se o seu momento especial no dia de agradecer às águas sagradas e à mãe terra por todas as infinitas bênçãos em sua vida.

Numa tarde em que apenas contemplava o fluir das águas do Ganges, esperando pelo início do ritual do fogo, foi surpreendida por Bima que se aventurava pelo rio cruzando a nado de uma margem à outra. Helena apavorou-se ao vê-lo lutar contra a correnteza. Tirou um *Japamala* do bolso e começou a rezar pedindo para que ele chegasse em segurança. (*Japamala* é um colar de contas, *Jap* significa repetição, e *Mala* guirlanda, colar. É usado nas tradições da Índia para manter a contagem ao recitar, cantar ou repetir mentalmente um mantra, oração ou o nome de divindades. É semelhante ao rosário usado na tradição católica e ao *masbaha* da tradição islâmica). Helena já aflita começou a entoar o mantra de Guru Ram Das, o quarto guru Sikh e no final já rezava apressadas ave-marias.

Enfim, depois de muito lutar contra as águas agitadas, Bima chegou à pedra em que Helena estava, ela o abraçou como se fosse a primeira e última vez que o tivesse visto, sem pensar, como se estivesse no Brasil e já tivessem se abraçado antes. Bima surpreendeu-se, retribuiu o abraço e não queria mais soltar Helena. Quando ela deu-se conta do que acabava de fazer, afastou-se dele, olhou para os lados para ver se alguém os tinha visto preocupada. Pediu desculpas. As trocas físicas de afetos são reservadas aos ambientes privados na Índia. Helena repreendeu Bima com palavras e caretas. Repreender Bima pela aventura arriscada, era também repreender seu coração por estar se apaixonando pelo indiano irritante. As justificativas mentais que condenavam seu impulso apaixonado foram insuficientes para demover uma decisão que o coração já

Quantas vidas cabem em mim? 141

havia tomado. A voz suave da alma sussurrava sem sombra de dúvida que ela poderia viver aquele momento, desejava viver, e o fez, com entrega, verdade, mesmo que de forma passageira, mesmo que num protocolo cultural tão diferente do brasileiro.

Ao voltarem para o Ashram, Helena tinha recebido correspondência, carta da irmã Raquel, que escreveu em nome de toda a família, mensageira de uma notícia triste. Raquel contou que o avô Joaquim tinha perdido sua força, travou por alguns meses uma batalha com a hipertensão, mas perdeu, teve um derrame e foi levado para o hospital com o lado direito do corpo paralisado. Raquel escreveu que o avô, que nunca foi de desistir, foi entregando os pontos de forma muito rápida. Não falava. Recusava-se a comer. Já não tinha o brilho nos olhos, nem mesmo queria abri-los. Ficou febril, a pneumonia e a apneia se acercaram e nem a visita da companheira, filhas, filhos, netas, netos, noras, genros o fez reagir. Ele não queria mais viver, toda a força que o acompanhou em seus oitenta e seis anos se acabou. A família aflita, já não tinha muito o que fazer, orava e esperava. Uma espera triste aumentava o desespero, o medo de não ouvir mais o "Bom Dia, dona Maria". O fato temido se consumou, Joaquim se foi.

Helena vivenciou uma tristeza profunda, foi consolada por Ramesh, que ensinou a meditação com o mantra *Akaal*, feita em momentos como esse. *Akaal* significa Imortal, *Kaal* significa "morte", *Akaal* significa "sem morte". O mantra é cantado para ajudar a alma a transcender, deixar a Terra e seguir para a Luz. Com este mantra é dito à alma: "Você não morreu. Vá em frente. Eu deixo você ir." As almas que ouvem as palavras são levadas para a fonte de Tudo o que existe. Na tradição Sikh a alma é entendida como algo vivo em nós que simplesmente deixa o corpo físico que ocupava na Terra para retornar ao seu Lar. Assim, Helena praticou a meditação por dezessete dias para que a alma de Joaquim seguisse em paz sua jornada no plano espiritual.

A partir daquele abraço na margem do Ganges, Bima e Helena pareciam adolescentes cheios de hormônios, deixavam as mãos furtivas se encontrarem de propósito, provocavam toques discretos dos pés por baixo das mesas nos momentos de refeição, desfrutavam dos olhares cúmplices durante as aulas de filosofia com Ramesh, buscavam momentos a sós nos passeios com o grupo.

Em Rishkesh Helena conheceu uma importante caverna de meditação. As cavernas tão famosas onde os yogis se refugiavam para meditar e alcançar um estado iluminado de consciência. Por mais que essa iluminação de que falavam os yogis fosse um mistério para Helena naquela época, ela ainda estava em busca de conhecer esse estado, queria ser iluminada. Somente anos depois da volta ao Brasil, quando passou a vivenciar de forma regular cerimônias ancestrais ameríndias, Helena desistiu da ideia de iluminação como algo místico, passou a entender a vida como um processo diário de iluminação, de consciência ao viver cada relação, ao fazer suas escolhas, ao confiar que sua trajetória está interligada com muitas trajetórias, há situações que dependem dela e há situações em que não há nada que ela possa fazer, exceto se entregar ao ciclo natural da vida-morte-vida. Esse foi o conceito de iluminação apreendido por Helena.

Quantas vidas cabem em mim? 143

Quando Helena iniciou sua peregrinação após a morte do pai buscava desacelerar, desfrutar do tempo das coisas, das relações, das estações. A passos lentos, uma conquista a cada momento. O caminho que percorreu ao longo da vida lhe permitiu abandonar a pressa. Ela já tinha ouvido uma vez alguém dizer que quando se começa uma peregrinação ao encontro de si, por mais que se queira caminhar rápido, os passos se tornam vagarosos. Na viagem pela Índia, a cada dia o propósito era posto à prova, na angústia da espera, no exercício da paciência pelos atrasos na logística do grupo, Helena era obrigada a olhar para essa inquietação, essa corrida, esse anseio de ir, de chegar, de fazer, de concluir, realizar, iluminar. Eis que, ao chegar na caverna em Rishkesh deu de cara com uma placa à beira da estrada "melhor tarde nesse mundo, que cedo no próximo". Foi uma bofetada! O entendimento ficou claro. Ela sabia que o caminho se faz ao caminhar, não importa o destino a que se chega, mas como era difícil por em prática esse saber precioso.

Ramesh orientou Helena e o grupo a permanecer com uma garrafa lacrada de água enquanto estivessem dentro da caverna. A água serviria para proteção, para atrair as energias densas que pudessem estar acumuladas no ambiente, evitar que as pessoas sentissem mal-estar. Depois a água deveria ser descartada. Também orientou que qualquer alimento fosse deixado do lado de fora da caverna. O grupo se dividiu, Helena e Bima ficaram com os pertences do grupo do lado de fora e entraram numa segunda etapa.

A caverna era escura e gelada, havia apenas uma pequena vela acesa ao lado de uma imagem que Helena não conseguiu identificar na penumbra, mas decidiu imaginar que fosse de Hanuman, o Deus macaco do hinduísmo. Helena sentia seu coração agitado, a cabeça pesada, havia uma densidade no ambiente que pressionava as emoções, sentia vontade de chorar, mas as lágrimas não brotavam em seus olhos, seus pensamentos estavam presentes, não era uma memória que estava alterando seu estado. Observava as sensações do corpo tentando sem sucesso entender o que acontecia com ela naquele espaço. Depois de algum tempo desistiu e apenas viveu sem tentar entender. Quando sentiu que a experiência estava vivida, em silêncio saiu da caverna, Bima a acompanhou, pegaram a mochila com o grupo e caminharam lado a lado às margens do Ganges buscando se afastar das outras pessoas para descartar a água e as emoções conturbadas no rio. Agacharam-se às margens, ao mesmo tempo abriram suas garrafas e observaram as águas se misturarem, liberando qualquer mal que pudesse ainda estar nas águas das garrafas e em suas águas internas, para que houvesse a transmutação nas águas da Mãe Gangá, como é chamado o rio Ganges de forma carinhosa pelos indianos. O silêncio entre Bima e Helena era confortável, já não se constrangiam por estar juntos, nem pela ausência de palavras, sintonizaram o mesmo ritmo do passo e seguiram caminhando, margeando o leito do rio.

A palavra só se fez presente quando viram uma fumaça ao longe e resolveram se aproximar. Sem invadir o espaço viram que as pessoas estavam fazendo um cerimonial de cremação, não queriam parecer intrusos curiosos, nem desrespeitar o momento triste e sagrado daquelas pessoas, mantiveram distância. Sentaram-se numa pedra e ficaram observando o fogo crescer aos poucos, transformando o suporte de madeira, sobre o qual o corpo repousava, em chamas e fumaça. Era possível ouvir o som das labaredas, que formava uma sinfonia com a água corrente do Ganges e o sobrevoar das andorinhas de barriga preta, faceiras e barulhentas, criando desenhos no céu. Bima e Helena silenciaram palavras e movimentos, tornaram-se a própria pedra em que estavam sentados, o próprio som que ouviam à sua volta, inertes poderiam permanecer ali, apenas acompanhando a dança infinita entre sol e lua na imensidão do céu.

Mas, era hora de partir para o Ashram. Enquanto caminhavam em direção ao grupo, Bima compartilhou com Helena que aquela caverna em que estiveram era ainda mais especial do que ela imaginava, revelou que não foram só yogis indianos que passaram por ali e tiveram seus momentos de iluminação, mas que Jesus Cristo tinha meditado naquela caverna em sua peregrinação pela Índia antes de ser crucificado. Helena amoleceu as pernas, estava extasiada por ter estado no mesmo lugar que Jesus, líder que foi tão inspirador para ela desde menina, reverenciado por sua família católica.

No dia seguinte foram para a cidade de Haridwar. Helena estava ansiosa por esse momento tão raro, conheceria o Ashram de uma mestra. É muito raro mulheres mestras na Índia, inclusive nos dias atuais, imagina nos anos sessenta. Sri Ma foi uma dessas raras exceções. Sua sabedoria transcendeu todos os preconceitos da época, e até no seu dever em se casar encontrou um companheiro que viveu com ela em celibato, tornou-se seu discípulo e protetor e permitiu que ela vivesse seu destino de mestra. Helena e Bima tiveram a oportunidade de participar de uma audiência com Sri Ma. Minha avó conta que sua energia e estado mental entraram em outra frequência na presença da mestra. Uma alteração tão impressionante que até as pessoas mais céticas poderiam sentir, assim como muitas pessoas não se conectam com as mudanças da lua, mas que ao verem a lua cheia torna-se impossível não percebê--la. Sentir a força da frequência de Sri Ma era inevitável. Ela era a lua cheia em todo o seu esplendor.

Durante boa parte da sua viagem pela Índia, minha avó sentia a tensão no pescoço, ombros e maxilar, que tornaram-se parte dela. Nem as práticas regulares de yoga a livraram da tensão, apenas amenizavam. Uma dor que parecia ter nascido com ela e iria acompanhá-la por onde fosse. Ela associava essa tensão à sua necessidade de controlar o mundo, as situações que a vida apresentava, queria fazer tudo conforme a regra, cumprir seu papel de filha mais velha, de responsável, de melhor aluna. Os ombros já não suportavam a dor da tensão que seguia carregando. A bagagem invisível que insistia em carregar o que não poderia pegar, pesar, mensurar, ver, era apenas um sentimento abstrato, que parecia concreto. Essa dor do invisível se manifestava no músculo, sem dó, nem piedade. O corpo de Helena gritava por socorro. Talvez o corpo devesse escrever poemas para ser entendido, mas prevalecia a prosa complexa. Quanto mais o corpo gritava, menos se fazia escutar. A mente alimentava os fantasmas da insegurança, da insuficiência. A dor se misturava à confusão de sentimentos e sensações, os pensamentos provocavam o redemoinho das inquietações.

Em meio a tantos estudos da vida espiritual em alguns momentos ficava difícil para Helena enxergar os caminhos simples, viver de forma simples. Helena buscava leveza ao

Quantas vidas cabem em mim? 147

mergulhar nos estudos do yoga, mas sentia que a auto-
-cobrança para seguir de forma correta os ensinamentos
transformavam-se muitas vezes num peso que ela não conseguia carregar.

Helena passou a questionar a leveza, a leveza da vida
parecia ter outro significado, talvez leveza não fosse não
sentir o peso. Talvez não fosse não viver o peso. Talvez
não fosse entender o que provoca o peso. Talvez, a leveza
da vida fosse aceitar o peso das frustrações, dos desafios.
Mas, ela não descansava, a investigação para eliminar o
peso e a dor recomeçava. Massagens, yoga, terapias diversas aliviavam a dor, mas ela não sumia de uma vez por
todas. Era a mola propulsora que fazia Helena caminhar
na busca de aplacar essa dor, e nessa busca curar, quem
sabe, outras dores, ocultas no caos do inconsciente.

Entregou-se, enfim, à dor, sentiu cada músculo retesa-
do com intensidade até compreender que, a despeito do
peso nos ombros, havia junto ao seu coração o órgão vizinho, pulmão, que enchia de ar o corpo fazendo a vida
pulsar. Havendo ou não a dor, também havia um espaço de
paz coexistindo, que permitia ao coração se abrir, a história seguir. A vida em liberdade ressignificou a dor, que ao
longo da vida perdeu a importância, deixou de ser o centro
da "há tensão", para ser apenas o sinal que lembrava: a liberdade conquistada vale o peso de mais de uma tonelada.

A viagem pela Índia já caminhava para o seu fim, o
ciclo de estudos com Ramesh tinha encerrado e as últimas
semanas foram somente de passeio e descanso. Helena seguia inebriada com as cores, sabores e sons que experien-
ciou nos últimos anos e questionava-se como seria voltar
ao Brasil depois dessa jornada. Adormeceu mergulhada

nesses pensamentos e teve um dos sonhos mais intensos da viagem. Ela diz não lembrar das imagens desse sonho, mas apenas das sensações corporais, como se ela estivesse numa outra dimensão de tempo e espaço. A mente racional acostumada ao mundo físico, à tocar, ver e experimentar, habituada à tridimensionalidade do tempo, passado-presente-futuro, à tridimensionalidade do espaço, altura-profundidade-largura, não conseguia compreender a sensação de estar numa quarta dimensão, onde ela parecia estar ao mesmo tempo na Índia e no Brasil, estar ao mesmo tempo dentro e fora do corpo físico, estar ao mesmo tempo no presente, no passado e no futuro.

Em sua despedida de Rishkesh Helena acordou decidida a tomar um último banho no Ganges. Queria estar sozinha nesse momento, acordou antes do grupo, tomou o café da manhã numa barraca de sucos próxima ao Ashram e foi em busca de um lugar em que pudesse ter privacidade. Em frente ao Ashram de Ananda o Ganges estava vazio. Começou a tirar o casaco e as roupas mais quentes, para entrar apenas com uma camiseta e calça mais finas que usava por baixo. As mulheres não podiam entrar de roupa de banho no rio, somente os homens. Quando estava pronta para segurar as correntes fixadas à margem do Ganges e mergulhar foi surpreendida por um grupo de crianças.

Vendiam flores para a *Puja*, um ritual de adoração onde se fazem oferendas com flores e frutas. As crianças insistiam em vender as flores para Helena, que não estava interessada. Insistiu para ficar sozinha, mas as crianças a ignoravam num solene e insistente pedido de atenção. Depois de um tempo tentando manter seu plano original, resignou-se, entendeu que o momento não era com Gan-

Quantas vidas cabem em mim? 149

ga, era com as crianças, sua simplicidade, seu sorriso, sua alegria colorida, sua insistência na venda da oferenda, sua vontade de interagir com a estrangeira. Helena brincou, se divertiu com a infância, comprou as flores para ofertar no altar do Ashram como despedida. As crianças se foram, o sol foi escondido por uma nuvem pesada e tornou ainda mais desafiadora a entrada nas águas geladas do Ganges. Helena voltou às correntes que ficavam ali para evitar que as pessoas fossem levadas pelas águas do rio. Brincava com a ideia de deixar-se ir, como se fosse um pequeno pratinho de folhas de uva, preenchido com flores, incenso e vela, ela mesma, uma oferenda à mãe Terra, às águas sagradas de Ganga, ao pai Sol, ao irmão vento, numa entrega verdadeira ao mistério, ao grande mistério da vida. Mas, apesar do desejo de tornar-se água, seu instinto de sobrevivência manteve as mãos firmes na corrente. Mergulhou sete vezes. Saiu da água, secou-se com a pashmina que também serviu de cortina, discreta tirou as roupas molhadas e vestiu as secas, seguiu caminhando pelas margens do Ganges, despedindo-se daquela etapa da viagem com o coração pleno de agradecimento. No caminho encontrou algumas vacas muito magras deitadas. As vacas são consideradas sagradas na tradição hindu, mas o que Helena sentiu foi que os animais eram como os cachorros abandonados no Brasil. Vagavam a esmo pelas ruas, fuçavam latas de lixo em busca de comida. Seguindo mais adiante na caminhada presenciou burros de carga, pequenos, sobrecarregados de tijolos no lombo.

A realidade mundana e sagrada coexistindo esfregaram na cara de Helena a perspectiva de aceitar e harmonizar a mulher divina e a mulher profana que tentavam se entender dentro dela, a sombra e a luz, os opostos complementares que a tornavam única. Buscou manter em mente essas imagens e esse aprendizado na sua volta para casa.

Na despedida de Ramesh em Rishkesh ficou uma imensa e grandiosa luz de amorosidade e gratidão no coração de Helena. Tinha a esperança de poder reencontrá-lo, aprender ainda mais com a sua inexplicável presença. As circunstâncias da vida não permitiram que minha avó retornasse à Índia, ela trocou cartas com o professor durante muitos anos, depois parou de receber respostas. Até que um dia recebeu uma carta de Bima avisando que Ramesh tinha deixado o corpo e estava no plano espiritual. Helena ainda o tem em suas orações e em seu altar mantém um porta retrato com uma foto dos dois às margens do Ganges. Na foto aparece um grande arco de luz, envolvendo professor e aluna, minha vó não sabe se foi alguma falha da máquina, reflexo do sol, ou um toque de magia que fez daquele momento eternidade.

Bima acompanhou Helena de trem até Nova Delhi para a despedida no aeroporto. O sentimento que nutriram nesse tempo de relacionamento foi autêntico, as experiências que viveram muito significativas, o afeto de Helena por Bima permaneceria para além do oceano. Mas, diferente da despedida de Antonio, e das incertezas infinitas que esse amor trouxe para Helena, estava segura que sua história com Bima, de certezas temporárias, foi vivida de forma inteira, completa, o ciclo finalizou de forma harmônica.

Helena ficou seis anos na Índia, percorreu mais de dois mil quilômetros, conheceu dezenas de cidades e pessoas, o sentimento que falava mais alto no momento da partida

Quantas vidas cabem em mim? 151

era a calma da alma peregrina, sabia que tinha vivido com intensidade, amor e verdade cada experiência, então, levou um sorriso contente ao Brasil, consciente de reconhecer que buscou o que já era, Helena voltou para casa, sem pressa para chegar, vivendo cada passo dado.

Capítulo oito

Na chegada ao Brasil Helena contou às irmãs e à mãe as aventuras da viagem, mostrou com alegria os objetos comprados, leu algumas passagens anotadas no diário com riqueza de detalhes, tentou traduzir em palavras o indizível vivido nesses sete anos fora de casa. Numa dessas conversas o tema era o desafio trazido pelas relações. Raquel lhe disse: "muitas vezes numa viagem, os melhores lugares que a gente visita são as pessoas". Helena estava certa disso, sem cada uma das pessoas que conheceu nas estradas e montanhas a viagem não teria a mesma riqueza. Cada pessoa trazendo sua alma, suas dores, seus amores. Na intensidade das cores e sabores ameríndios e indianos, experimentou os calores do coração e a frieza da razão. Muitas vezes foi espelho, e também espelhada. Refletiu suas questões pelo olhar e ação das pessoas que encontrou. Aprendi com Helena que muitas vezes as atitudes de outras pessoas refletem atitudes que também são nossas, por isso nos incomodamos tanto. E, claro, há também situações que não refletem nossas ações presentes nem passadas, mas reforçam os valores que prezamos quando negligenciados por alguém e por isso nos afetam tanto. Esse afetar e ser afetada é um grande convite ao aprendizado, à desconstrução. Helena aceitou esse convite ao longo da vida. Conheceu a si nas relações antigas, nas

Quantas vidas cabem em mim? 153

relações construídas e desconstruídas ao caminhar. Com algumas pessoas falou mais, com outras menos, relações mais intensas, outras mais sutis, todas deixaram marcas afetuosas em minha avó.

Apesar de tudo, os desafios existenciais de Helena permaneceram em sua chegada ao Brasil. Acomodou-se na casa da irmã caçula, Regina, em Foz do Iguaçu, mas algo dizia que ela não pertencia mais àquela cidade. Sentia que seu destino estaria em outro lugar. Passou tanto tempo fora da convenção do calendário gregoriano que custou a reorganizar seu fuso, a girar num eixo estável, era difícil caber no calendário, na rotina. Ao chegar em casa acreditava que o espírito se assentaria logo, mas a transformação vivida nos últimos anos, que ainda reverberava e parecia ter muito o que processar.

Helena precisava encaminhar a vida no Brasil. A primeira coisa que fez foi procurar seu ex-chefe da Canhota para especular se haveria alguma chance em voltar a escrever na revista. A empresa passava por uma reestruturação, dedicando-se mais a cobrir o que acontecia fora do país, especialmente a cultura americana, inclusive seu ex-namorado Bernardo tinha se tornado correspondente internacional em Nova York. Não havia espaço para Helena no momento, mas seu ex-chefe a indicou para uma posição de professora temporária na faculdade de Letras.

Helena escondeu no sótão interno a sensação de que Foz não era mais seu lugar e ficou na cidade. Nessa época, Regina ainda era solteira, tinha um círculo grande de amigos e amigas, muitas dessas pessoas estavam na sua vida desde a infância. Regina dedicava-se muito às amizades, uma cuidadora talentosa, estava sempre disponível a servir, a ajudar quem precisava, e seu auxílio era em todos os níveis, desde uma escuta ativa para uma amiga com problema, até ajudar na construção de uma casa de um casal que iniciava uma nova família. Durante muitos anos foi considerada a melhor maquiadora de Foz do Iguaçu, era a responsável por deixar ainda mais belas as mulheres que circulavam pelos salões do Grêmio Esportivo e Social de Foz do Iguaçu.

Regina foi fundamental para a readaptação de Helena à vida no Ocidente. Levou Helena para fazer consultas médicas, reorganizou a rotina nutricional da irmã, e deu muito amor e carinho, cuidava de Helena como se a primogênita é quem fosse a caçula. Helena há anos não sabia o que era ser cuidada, desde a morte do pai assumiu um papel de independência e individualidade perante a vida que a fizeram esquecer como é bom receber o cuidado de alguém.

Em pouco tempo Helena começou a dar aulas de literatura na faculdade, e com o carisma e dedicação tornou-se professora titular. Tinha uma excelente relação com sua turma da faculdade, tinha conversas profundas e divertidas em sala de aula, sabia como manter a atenção e também tinha um traquejo especial para ser firme quando necessário. De forma paralela, em seu tempo livre, organizou as escrituras que tinha feito ao longo das viagens pela América e pela Índia, além do que já tinha sido publicado pela Canhota sobre a parte da América Latina, tinha um extenso material inédito e bem mais íntimo sobre sua experiência peregrina, e pretendia transformar sua vida num romance.

Ao voltar ao Brasil, Helena havia escrito uma carta para Antonio, contando da sua passagem pela Índia, e do

Quantas vidas cabem em mim? 155

recente regresso, falando onde ela estava, enviou para o último endereço que tinha dele na Amazônia com a esperança de que a carta o encontrasse. Demorou, mas ela soube que a carta chegou até ele, porque meses depois recebeu a resposta de Antonio, ele escreveu palavras duras, pessimistas, num desalento e desencanto com o mundo, dizendo que a situação no país estava prestes a ficar muito difícil, que ele estava num momento profissional desafiador e que era melhor ela não escrever mais para ele, nem tentar encontrá-lo, que a vida já os tinha afastado e que não havia mais nada a fazer. As emoções já estavam bem reviradas com a forte experiência espiritual na Índia, o retorno para casa, o reencontro com a família, e agora, enfim, ela tinha se dado conta de que esse romance existia apenas dentro dela, que o sentimento que ela alimentou por Antonio era uma fantasia de algo não concretizado, que não tinha a reciprocidade que ela desejava. Também foi nesse período que Helena retomou contato com seu irmão Renato. Conversavam muito sobre o projeto do livro, as tensões políticas que se anunciavam no Brasil. Helena acreditava que eram essas as tensões por trás das duras palavras de Antonio na carta.

Prestes a completar um ano do retorno de Helena ao Brasil, aconteceu o Golpe Militar de 1964. Ela tentava entender essa estranha mudança de ritmo em sua vida, direto de um período de estudo e mergulho na vida espiritual para um cenário de guerra, de vilipêndio dos direitos das pessoas, especialmente as mais vulneráveis. Por que depois de um período de tanta conexão consigo e com as frequências divinas era necessário passar por uma desconexão coletiva tão intensa? Também não entendia sua revolta com o Golpe, achava que depois de tanta jornada espiritual deveria lidar com mais serenidade com os desafios. Mas, o mundo ainda desgovernava suas emoções.

Os dez anos que se seguiram foram os de pior repressão no Brasil. Renato participava da luta armada para derrubar a Ditadura Militar, integrava uma organização de extrema-esquerda, a Vanguarda Armada Revolucionária Palmares (VAR-Palmares), a mesma que a ex-presidenta Dilma Roussef fez parte. A VAR-Palmares foi uma união do Comando de Libertação Nacional (Colina) com a Vanguarda Popular Revolucionária (VPR) de Carlos Lamarca. A VAR possuía um sítio comprado próximo à cidade de Medianeira, onde as primeiras ações de arregimentação de adeptos da causa vinham sendo realizadas, formando as bases de guerrilha e os campos de treinamento.

Helena preocupava-se com os riscos que o irmão Renato corria e, ao mesmo tempo, desejava ir para linha de frente com ele. Vivia um conflito grande entre acreditar em movimentos pacíficos para lutar contra o regime vigente e o desejo de derrubar a opressão com a violência que ela merecia. Os paradoxos de paz e guerra que permeavam seus desejos desde sempre e para sempre, e que se intensificaram diante da injustiça e do absurdo que era ver o país sendo vilipendiado, os direitos humanos sendo extirpados por um grupo ignorante e poderoso que agia de forma inescrupulosa, prendendo e torturando pessoas inocentes, separando famílias, acabando com as liberdades individuais das pessoas. Helena sentia-se inadequada: dedicar-se à literatura durante uma ditadura militar era fútil e superficial? Renato dizia que a literatura e toda forma de arte era em si um ato de resistência, em especial por conta

Quantas vidas cabem em mim? 157

da censura instalada nas universidades, incentivar a classe estudantil a expressar e manifestar as ideias contrárias ao poder instituído fazia parte da luta pela democracia. Na permanência e resistência artística, a revolução seguiu camuflada pelas frestas da ditadura militar. Basta uma pequena rachadura numa parede para que a luz entre num quarto escuro.

O incentivo à leitura foi uma das armas usadas por Helena, por meio de um projeto desenvolvido com a turma da universidade. Helena propôs que cada estudante pegasse um livro que tinha sido muito importante em sua vida e escrevesse uma carta dizendo porque o livro foi um marco, depois os livros acompanhados das cartas eram deixados em pontos estratégicos pela cidade, praças, pontos de ônibus. Helena e a turma ficavam de longe observando as pessoas se aproximarem e pegarem os livros, depois abordavam a pessoa, conversavam sobre o sentimento dela em pegar o livro, ler a carta. O projeto aos poucos precisou ser adaptado, mudando os lugares e horários da ação, para evitar os censores da ditadura, mas Helena e sua turma de estudantes sempre encontraram uma forma de manter a leitura viva.

Foram anos de muita insegurança e resistência. Helena e Renato estiveram unidos, cada um lutando a sua maneira pelo restabelecimento da democracia. Eva, Regina e Raquel também se posicionavam contra o regime opressor, numa luta um pouco mais silenciosa, mas ativa, perene, conversando e conscientizando os círculos familiares e de amizade. Renato chegou a ser preso quando o VAR foi desmantelado pelo comando do Primeiro Batalhão de Fronteira de Foz do Iguaçu. Enquanto o comando do país usava a Copa de 70 como propaganda política para mascarar sua violência, Renato era torturado no Batalhão da Fronteira, espancado, eletrocutado, recebendo socos e pontapés para que delatasse seus companheiros. Renato preservou o silêncio, resistiu com bravura à toda violência a que foi submetido, colocou sua vida em risco por uma causa que era maior que ele. Sobreviveu, foi solto três anos depois, já não era o mesmo homem, mas mantinha os mesmos ideais, seguiu escondido atuando com a resistência revolucionária, que persistiu, em especial na área rural, divisa do país com a Argentina, ponto de encontros e reencontros, rotas de fuga aos que ainda eram vigiados, rotas de contrabando de armas e munições para uso cotidiano de colonos e de movimentos revolucionários que, de tempos em tempos, percorriam a região visando atrair adeptos para recompor os grupamentos desaparelhados pelos militares.

Em meio a esse conflito o ciclo vida-morte-vida volta a se manifestar. Morre Maria, avó paterna de Helena. A mãe e as irmãs, Raquel ainda grávida de oito meses de seu filho Bento, foram para Cascavel para o enterro. Helena não foi, tinha compromissos acadêmicos e sentia-se indiferente, não chorou, não ficou triste. Sentiu-se incomodada por não ficar triste. Sentia uma obrigação de ficar triste, achava que só a tristeza era o sentimento possível naquele momento, mas foi incapaz de ficar triste. A mente a interrogava, será que não sentia afeto pela avó? Talvez tenha se afastado ao passar tantos anos fora do país? Talvez tenha cegado seus olhos e sido incapaz de reconhecer o que a avó tinha de bom? Não tinha ido visitar a avó depois da volta ao Brasil, talvez se sentisse culpada por isso. A avó já não

Quantas vidas cabem em mim? 159

reconhecia as pessoas, sua memória era falha. A senilidade da avó denunciava a incapacidade de Helena em lidar com as limitações que a vida impõe. Helena rezou, pediu perdão a avó por não ter ido visitá-la, por não ter sentido sua morte. Rezou para que a avó fosse recebida com amor no plano espiritual e que compreendesse essa passagem, fosse acolhida, cuidada e amada na luz da eternidade.

Semanas depois nasceu Bento, uma luz na vida da família enlutada. Bento trouxe a esperança da vida novamente, a alegria e a doçura da criança aliviou o coração de Helena, que tornou-se novamente criança ao acompanhar o crescimento do sobrinho, ensinou a ele os mantras que aprendeu na Índia, a tocar o tambor xamânico, e o mais importante, aprendeu com Bento que a leveza da infância está sempre à nossa disposição, cabe a nós acessarmos esse precioso estado, mesmo em momentos desafiadores.

Helena manteve-se ativa na resistência à ditadura com seu trabalho na universidade, e, quando havia fragmentos de espaço-tempo lembrava da vida pessoal, sentia o desejo de encontrar um companheiro, com quem pudesse viver uma relação verdadeira, autêntica no compartilhar, harmônica, o nascimento do sobrinho fortaleceu o seu sonho de ser mãe. Desde seu retorno ao Brasil não tinha se relacionado com profundidade, apenas flertes eventuais com colegas da universidade e dos movimentos revolucionários. Fazia uma retrospectiva dos amores e desamores que viveu, líquidos, escorrendo pelos dedos, desbotando as cores das paixões iniciais, a esperança de que a cada nova história, seria a história, mas a história sempre terminava, deixando a sensação de que acabava antes mesmo de acontecer.

Numa coincidência, se é que elas existem, os amores experimentados por Helena estavam a quilômetros de distância, Bernardo em Nova York, aquele amor que foi o sonho interrompido do casamento, da família, não por falta de amor, mas pela necessidade infindável de Bernardo em seduzir novas mulheres. Antonio estava em algum lugar incerto, talvez entre as Amazônias brasileira e peruana, talvez fosse um dos exilados pela ditadura. Mesmo depois de tantos anos Helena ainda questionava se o que sentira por ele era só uma relação interna, com o papel, com as lembranças daquelas semanas mágicas na Amazônia, registradas com intensidade em seu diário, frases curtas que geravam textos imensos cheios de perguntas sem respostas dentro de Helena. Seria a relação dela com Antonio algo restrito ao papel e não uma história real? As ruas paralelas não se encontram nas esquinas. Seriam Helena e Antonio ruas paralelas? As relações são lineares? Acredito que não, as relações, especialmente as românticas, são em espiral, labirínticas, estamos sempre girando em torno de um ponto central, ora nos aproximando, ora nos afastando, segundo uma lei, uma lógica universal, física.

Bima seguia na Índia, com duas esposas e sete filhos, era o único com quem Helena mantinha um contato eventual por cartas. Na maior parte das vezes achava que a relação era fraterna, mas por outras ressentia a paixão que viveram às margens do Ganges e cogitava por instantes a ideia de se tornar a terceira esposa do indiano. Helena fantasiava a vida numa típica casa indiana, acreditava que seria muito amiga das demais esposas, que dividiriam as tarefas domésticas, criariam as crianças juntas, se alternariam para os prazeres sexuais com o marido, quando uma

Quantas vidas cabem em mim? 161

estivesse na lua ou simplesmente não estivesse com libido para transar, uma das outras poderia estar. Dava risada sozinha pensando nesse cenário, sabia que na prática a teoria é outra, e que era muito mais provável que haveriam disputas entre as esposas pela preferência do marido, inveja, imaginava o barulho de uma casa cheia, e logo recolocava Bima no lugar especial do coração que transforma amor romântico em amizade fraterna.

Helena comparava os três, visualizava Bernardo, Antonio e Bima em linha, lado a lado, observava as características de cada um, fisicamente tão diferentes. Bernardo era um homem alto, braços alongados, negro, cabelo crespo mantido sempre rente ao couro cabeludo, barba rala, nariz proeminente. Antonio, baixinho como Helena, poucos centímetros mais alto que ela, cabelo e barba ruiva, pele branca pintada de sardinhas, mãos pequenas e quentes. Bima estava em estatura entre Bernardo e Antonio, magro, longos cabelos e barba, dono de um olhar misterioso. Por vezes, Helena se perdia, fechava os olhos e viajava ao passado, sentia o abraço afetuoso de Bernardo, as carícias das mãos de Antonio, a profundidade do olhar de Bima.

Até terminar a faculdade tudo que Helena queria era a vida previsível, da formatura, casamento, família, crianças correndo pela casa, cachorro no jardim. As escolhas que fez durante seu caminhar pelo planeta mostravam que ela fugia dessa vida previsível. A ruptura é perda e ganho, somente Helena é capaz de avaliar o que foi ganho e o que foi perda na construção de uma vida imprevisível.

Fato é que naquele tempo em que a ditadura separava afetos e extirpava direitos, Helena ainda acreditava num reencontro com o amor, um novo homem, um novo amor. Desejava com ardor ser amada com reciprocidade e desfrutar do amor, na forma que ele se apresentasse. Helena, que antes tinha certeza de que entraria vestida de noiva numa igreja católica, passou a acreditar que seria um bônus cósmico ter uma cerimônia de união. Desejava algo simples, delicado e amoroso, com pessoas queridas por perto, na natureza. Ansiava que o propósito da busca por viver o amor conjugal, vindo de longa data, tivesse uma nova trajetória.

Foi nessa época que decidiu viver o amor em todas as relações, independente da relação conjugal. As jornadas de autoconhecimento e viagens de cunho espiritual foram se consolidando dentro dela ano a ano. O amor que ela sentia dentro de si compartilhava em seu entorno, com cartões de aniversário profundos, cartas de saudades, pensamentos e orações. Helena desejava sempre o melhor da vida a quem cruzasse seu caminho, desejava que houvesse amor em cada um dos dias, que a cada passo fosse o amor o guia, a luz do amor a iluminar, a energia do amor a sustentar. Estava exausta da guerra militar, queria apenas viver o amor. O amor em sua plenitude.

Quantas vidas cabem em mim? 163

Capítulo nove

Eu sempre tive curiosidade em saber como meus avós se conheceram, se para Helena o encontro que teve com meu avô foi o "Sim" que ela buscava da vida. Um dia, quando eu já morava com ela, e passávamos as noites de inverno curitibano ao redor do fogo da lareira, ela me disse que antes de ficar grávida da minha mãe pensava nos versos de Cecília Meireles: "ainda que sendo tarde e em vão/ perguntarei por que motivo/ tudo quanto eu quis de mais vivo/ tinha por cima escrito: Não." e no "Não" persistente ao sonho do casamento e da maternidade, tentava entender porque nessa vida desejava o que não podia ter, seria isso a tal natureza humana da insatisfação? Tanta gente já escreveu sobre isso. Talvez nem tudo precise de significados e respostas. Às vezes pensava que era para que ela exercitasse a paciência, coragem e determinação, para que os "nãos" que apareciam no seu caminho fossem insuficientes a impedir que ela vivesse o que queria de mais vivo. Afinal, viver uma história de amor recíproco, uma relação perene e harmônica, era mesmo algo raro de acontecer, exigia resiliência. Ela respondeu que o encontro com meu avô foi sim, um "Sim" da vida, mas muito diferente do "Sim" que ela sonhava.

Nem sempre as pessoas dos nossos círculos afetivos estão vivendo a mesma estação que nós, é preciso muita lucidez e consciência para conciliar climas distintos coexistindo, fusos dessincronizados tentando se ajustar. Assim, nesse ciclo infinito da natureza, que ora está em expansão, ora em recolhimento, ora em transição entre um e outro movimento, fluímos na dança cósmica da vida. É o que me ensina Dona Helena.

Antes da morte de João, do término da relação com Bernardo e de iniciar sua jornada pelas montanhas ameríndias e indianas, Helena acreditava que o verão era sua estação favorita. Verão sempre foi associado à férias, praia, muito sol e calor, dias mais festivos e menos produtivos. Era quando João e Eva levavam a família para desfrutar de momentos prazerosos no litoral, economizavam o ano todo para poder viajar, conhecer novos lugares e relaxar. Era tudo que atendia aos seus anseios juvenis. Helena acreditou por muito tempo que a produtividade era algo muito distante de climas de festa, que a vida era dividida em vários departamentos que não se comunicavam, ou pelo menos não deveriam se misturar, e para cada um deles era necessário desempenhar um papel, que tinha lá seus protocolos a serem seguidos. E a autenticidade? Autenticidade?! Não era à época uma questão.

Depois de escalar sua montanha interna, a crença juvenil de ode ao verão desapareceu, abriu espaço para saborear também o brotar maduro de um amor pelo outono. A natureza se transformando de forma tão evidente, as folhas colorindo o chão, a seiva correndo das raízes aos galhos, os frutos se preparando para o nascimento, o ciclo da vida despertando as mais belas sensações.

Talvez porque sentisse que depois de tantos anos fora do Brasil, longe da família, passando por longos invernos e noites escuras da alma, vivesse agora uma fase de outono da existência humana, de amadurecimento, de deixar as folhas e as falhas caírem para permitir que os frutos fossem nutridos e colhidos. O outono da idade fez Helena abandonar muita crença do que é certo e do que é errado, do que é produtividade e do que é festividade, a vida passou a se entrelaçar de tal forma que cada nuance (familiar, social, individual, espiritual, comercial, comunitário, ...) fosse uma fração singular do todo, sem muita hierarquização ou enrijecimento, em harmonia. Passou a contemplar a vida se transformando a todo instante, honrou a presença de dias de verão e de inverno com a mesma devoção. Voou como as folhas ao vento do outono, desabrochou como a flor que anuncia a primavera. Percebeu a vida, contemplou e usufruiu dela de forma mais livre.

Depois de um outono profundo na fronteira, o fruto colhido por Helena foi mudar para Curitiba para finalizar a revisão do livro com seus relatos do tempo em que esteve fora do país e buscar uma editora para a publicação. No dia da partida de Helena, Eva chamou a filha para uma conversa, disse que na última viagem que havia feito ao Rio Grande do Sul para visitar seus familiares, recebeu de sua irmã mais velha alguns objetos que eram de Maria para repassar a alguma das filhas que tivesse interesse em ser guardiã das relíquias da avó. Eva contou a Helena que imaginou que ela gostaria de ficar com essa herança, que compreendia os caminhos espirituais que a filha tinha escolhido, que o afastamento de Helena da igreja católica não era para Eva motivo de decepção, pelo contrário, Eva sentia muito orgulho da filha ter encontrado um caminho espiritual que se comunicasse melhor com seu coração.

Quantas vidas cabem em mim? 167

Helena recebeu o pacote que a mãe trazia, agradeceu o apoio da mãe, disse que todos os caminhos levam ao mesmo lugar, à conexão com a alma, desenferrujando o espírito para viver de forma mais plena e harmônica a materialidade terrena. As tradições, religiões, filosofias, caminhos científicos e artísticos são ferramentas à nossa disposição, para montarmos a nossa própria cartografia existencial. Enquanto falava, Helena desembrulhava com cuidado apressado o pacote, curiosa com o conteúdo. As peças de aço se revelaram; um espéculo, uma tesoura, uma espátula e uma pinça ginecológica. Helena ficou muito emocionada ao segurar em suas mãos bens tão preciosos, sentiu a presença da avó, sentiu a transmissão de um legado ancestral que reverenciaria até o fim dos seus dias. Ainda estava inebriada pela frequência que aqueles objetos emanavam quando Eva anunciou ter mais uma surpresa, pediu para Helena aguardar, saiu do quarto e voltou com as mãos fechadas. Aproximou-se da filha, devagar abriu as mãos e exibiu o par de alianças que usava com João. Eva disse ter guardado as alianças por mais de vinte anos, e que não fazia mais sentido permanecer com elas. Agora pertenciam a Helena para dar o destino que desejasse.

Helena ficou confusa, não sabia se ficava feliz ou preocupada, não sabia o que fazer com os objetos, com o legado da história familiar, ainda sentia o peso dos desafios da relação do pai e da mãe, das marcas que as traições deixaram nela e na mãe. Ela tinha feito uma jornada profunda pelo mundo, revisitando lugares de dor e também a fonte de amor que existia dentro de si. Viveu muitas emoções contraditórias e intensas nos últimos anos, reviveu histórias do passado, rezou muito para se libertar de padrões que não a faziam viver de forma plena. Buscou desde o término com Bernardo se libertar do legado que a história de Eva, João, Sara, Ruth e Ester trouxe para sua vida.

Nas relações intensas que teve com Bernardo, Antonio e Bima internamente o fantasma e o medo das traições sempre a assombravam. Acreditou que Bima e Antonio não perceberam suas inseguranças, seu medo em ser abandonada, em não ser suficiente para ser uma companheira que eles quisessem manter ao lado. Já havia se passado tanto tempo e parecia que tudo ainda estava muito presente dentro dela, a impedindo de viver em harmonia seus relacionamentos afetivos. Agora, esse inusitado presente da mãe. Helena questionava com mais intensidade a história que carregava na palma das mãos. O que fazer para ressignificar tudo isso e viver sua própria vida dali em diante? O que fazer com as alianças? Passou a viagem e as primeiras semanas em Curitiba pensando nisso, tentando elaborar as emoções que reviravam seus órgãos internos e criavam tempestades em sua mente.

Helena sentiu que precisava retornar o processo terapêutico e iniciou sessões de psicanálise com uma psicóloga lacaniana. Numa dessas sessões, sentindo-se segura no divã deixou sua vulnerabilidade falar de forma genuína, trouxe suas questões afetivas, a dificuldade em envolver-se em histórias que tivessem potencial para o casamento. Responsabilizou a história familiar pelos próprios desacertos afetivos. Relembrou a cena da sua infância, quando flagrou a traição do pai. A psicóloga a provocou perguntando quem o pai traiu. Levou Helena a refletir que talvez ela estivesse se considerando a mulher traída, quando a mulher traída era sua mãe e não ela, que para restabelecer

Quantas vidas cabem em mim? 169

e se conectar com o amor que ela sentia pelo pai, precisa excluir a mãe. A psicóloga explicou a Helena que ela carregava um pouco do pai e um pouco da mãe, mas que não era a mãe e nem o pai. Disse que havia a relação de Helena e João, a relação de Helena e Eva, e uma terceira relação de Helena com Eva e João ao mesmo tempo, era preciso distinguir cada uma delas.

Helena contou das alianças que recebeu de Eva e da sua inquietude em definir o destino que daria a essas joias familiares. A analista mais uma vez provocou. Perguntou como a transformação acontece, como um objeto se torna outro, como uma coisa se torna outra coisa. Helena lembrou-se das cerimônias que vivenciou desde que saiu do Brasil, e do elemento comum que estava presente em todas elas: o fogo. Do ocidente ao oriente, nos mais diversos saberes e ritos ancestrais, o fogo tem seu lugar de destaque. O poder está no fogo que tudo transforma, ressignifica, queima, libera, é o fogo, o fogo.

Dias depois, Helena descobriu a única mulher ourives da cidade, explicou à artista a origem daquele ouro e pediu sua ajuda para dar uma nova forma àquela história. A mulher sensibilizada com o relato de Helena entregou o maçarico nas mãos de Helena e orientou minha avó a derreter as alianças. Helena sentia-se poderosa ao usar o instrumento e fazer com que a dor que ainda restava dos traumas familiares fossem transformadas pelo fogo. Com a pepita de ouro na mão decidiu pedir a ourives que fizesse um pingente em formato de lua, que mostrava as quatro fases da lua, para que Helena sempre lembrasse da ciclicidade da vida, de que tudo passa, os bons e os maus momentos, sem distinção, que tudo é perfeito como é no momento em que é, e mesmo assim está em constante transformação.

Os ciclos da natureza estavam presentes o tempo todo no dia a dia de Helena, trazendo seus ensinamentos, suas celebrações. Em 1975 o Paraná passou por um inverno rigoroso, com o fenômeno raro da neve caindo em Curitiba e transportando Helena às suas memórias dos Himalaias. O frio intenso que tomou conta do sul do Brasil foi devastador para o norte do estado do Paraná, que sofreu muito e teve perdas astronômicas nas lavouras devastadas pela geada. Helena sentia-se privilegiada por desfrutar de seus ganhos e ter sido beneficiada pela geada negra, que foi um marco na história e geografia do Paraná e do Brasil, sinalizando o fim do ciclo do café e causando um intenso êxodo rural.

Nessa época, Helena conseguiu comprar uma casa na rua Paula Gomes, no bairro São Francisco, uma das regiões mais antigas de Curitiba, próximo ao marco zero da capital, na Praça Tiradentes, o bairro desenvolveu-se impulsionado pelo comércio e pelo período da erva-mate.

A casa comprada por Helena foi um achado, uma construção da segunda metade do século XIX, que estava por um preço muito acessível porque a família proprietária estava desolada e precisava vender com urgência para viajar ao Peru em busca de novas oportunidades, depois que suas fazendas de café no norte do Paraná foram destruídas. Foi nesse centro histórico que Helena construiu a fortaleza que vive até hoje, parecia uma tentativa de proteger-se dela mesma, ou uma forma de fazê-la fincar raízes para que seus novos voos fossem ainda mais altos. Mergulhou nas tarefas de conservação da casa, dedicou-se

Quantas vidas cabem em mim? 171

exaustivamente a recuperar a construção, degradada pelo desuso de vários anos já que a família proprietária vivia em Londrina. A casa tinha lareira e fogão a lenha, preparada para manter Helena aquecida do frio intenso que percorria as ruas da cidade. Cultivou o quintal com um primor invejável. Dividiu o espaço em três partes principais. O herbário, onde cultivava suas plantas medicinais, chás, ervas, aromas, num canteiro em forma de labirinto. A horta, com hortaliças, legumes e raízes, num ecossistema que produzia de forma abundante e servia ao consumo de Helena e da vizinhança. E, por fim, a terceira parte dedicada ao espaço do fogo, um lugar cerimonial, onde Helena rezava, celebrava, recebia pessoas.

De início acendia o fogo sozinha, passava horas olhando as labaredas, ouvindo o crepitar da madeira, aguardando a brasa virar cinza, com o tempo sentiu de convidar uma ou outra pessoa a estar com ela nesse momento, até que criou o Círculo do Fogo e uma vez por semana reunia de dez a quinze pessoas em torno do fogo para compartilhar da sabedoria das chamas, de poesia e música. Uma vez por mês o propósito do encontro mudava. As pessoas chegavam, sentavam-se ao redor do fogo, Helena acendia sua Pipa Sagrada e compartilhava o instrumento com o grupo. O cachimbo está presente em muitas civilizações ancestrais, representa a união do feminino, da mãe divina, simbolizada pela pedra que é o fornilho receptor do tabaco. O masculino, o pai divino é a madeira que transporta a fumaça. O tabaco faz a união entre masculino, feminino e o Grande Espírito. A fumaça leva as preces, rezos e intenções aos céus. A palavra, o silêncio, os pensamentos e sentimentos se convertem em fumaça, são entregues ao vento para que tudo se transforme, se eleve, para que o invisível torne-se visível. Helena abria a fala e depois passava a Pipa para a pessoa à sua esquerda, passando também a palavra, assim cada fala ou silêncio ia compondo e tecendo um só rezo ao Grande Mistério. Até hoje Helena mantém esse ritual em seu jardim.

A ida de Helena para Curitiba também foi importante para estreitar o laço afetivo com seu irmão Enrique. Ela tomou a iniciativa de aproximar-se do irmão, começaram tomando um chá de vez em quando. No começo havia um certo estranhamento, Helena sempre chegava primeiro e aguardava na expectativa de o irmão aparecer ou não. Ele sempre se atrasava, mas chegava. Conversas superficiais sobre o tempo, política, sempre evitando falar sobre os laços e histórias em comum. Com o tempo, Helena conquistou espaço e confiança para conversas mais íntimas sobre o pai João. Enrique desconversava. Até que um dia Helena explicou que não dava para passar a vida fugindo da história do pai. Enrique pela primeira vez na vida foi rude com Helena. Exaltado, disse que João tinha fodido com a vida dele e essa era a única memória que ele tinha do pai. Helena olhou fundo nos olhos do irmão e respondeu que era justamente porque João tinha fodido, que Enrique tinha nascido. Enrique ficou surpreso com a resposta da irmã, primeiro teve um ataque de risos, depois lágrimas saíram pelos olhos, a garçonete do lugar trouxe água para os dois de tão forte que foi a crise.

Helena diz que muitas vezes quando as pessoas estão nervosas elas dão risada, é uma forma de lidar com a emoção. O fato é que depois desse dia a intimidade se abriu

Quantas vidas cabem em mim? 173

entre Helena e Enrique, e eles passaram a se encontrar com mais regularidade, compartilhavam suas angustias com relação aos seus talentos e manifestações criativas. Enrique também era envolvido com arte, bailarino, fazia parte de um grupo de dança que viajava por todo o país fazendo apresentações, e quando estava em Curitiba dava aulas para crianças.

A vida de Helena não foi, e não é até hoje, nada previsível nem ordinária. O que viveu até seus quarenta e cinco anos foi no sentido oposto do que sonhou na adolescência, na faculdade. Então, algo mudou dentro dela. Foram anos de peregrinações e mais peregrinações em busca de respostas. Montanhas, rituais, cerimônias ancestrais, divãs e devaneios, rabiscos, textões, um romance em vias de ser publicado. Emoções e memórias reviradas em busca de liberar o que passou, abrir caminho para uma nova vida que ela sequer sabia que forma teria. O campo de futebol, o fusca, João com Ruth ali do outro lado da rua, um desrespeito, uma afronta, um absurdo que despertou a fúria da Helena menina de oito anos, ações que João insistiu em repetir ao longo da vida. Helena se perguntava o porquê das pessoas se deixarem dominar por convenções morais que são incapazes de se sustentar.

As marcas do passado do pai ela projetou em tantos relacionamentos. Eva, a faca, o silêncio dela em permanecer casada... Eva precisava ficar? Teve seus motivos para ficar. Helena não precisou ficar. Tratou de criar uma vida independente e autêntica. Mas, se perguntava: o que eu quero realmente? O que eu realmente desejo? As alianças já foram derretidas, o fogo já abriu caminho para o renascimento, o que ainda faltava?

Helena queria um amor que durasse. Desejava ser amada e amar. Casar era um querer que vinha do seu desejo visceral, mas também gerava medo. Durante muito tempo teve sonhos recorrentes com o casamento, sonhava que não conseguia chegar até a Igreja no dia do casamento, ou chegava até a porta da Igreja e fugia, ou sonhava que chegava até o altar, mas na hora de dizer o sim, dizia não. Acordava assustada, sem entender por que o inconsciente se manifestava assim no sono, quando ao estar desperta tudo que ela queria era ser pedida em casamento, igual nos filmes. Por muito tempo achou que não conseguia manter um relacionamento mais duradouro porque era insuficiente como mulher. E ao mesmo tempo se perguntava o que seria suficiente no desejo e na realização de uma mulher? Será que casamento e liberdade são desejos incompatíveis? Daria para conciliar as duas coisas? O casamento seria mesmo o auge de um amor? Talvez seja a derrocada, para muitas histórias.

É inegável que todos os medos e inseguranças que contaminaram a relação de Helena com os homens tiveram sim a marca desse passado familiar. Mas, e se o querer casar e ser mãe nunca foi um desejo genuíno seu? Era esse o pensamento recorrente em Helena aos seus quarenta e cinco anos. Durante todo este tempo, para além de Bernardo, Antonio e Bima, Helena esteve com muitos outros homens, mas nada que a fizesse seguir adiante, depositar suas esperanças em um relacionamento estável e duradouro. Talvez o querer casar fosse apenas fruto de uma consciência coletiva que sempre disse que isso era o natural de acontecer na vida de uma mulher, o que se espera de uma mulher nesse mundo, construído por regras patriarcais e

Quantas vidas cabem em mim? 175

opressoras do desejo feminino. Igreja, Estado, Sociedade patrulhando nossas relações, definindo o que fazer com nossos corpos, como viver nossos afetos e gozos, como manifestar nossa potência criativa.

Helena se perguntava em meados dos anos 1970 se era preciso trocar a certeza de querer casar e ser mãe, pela certeza de não querer. Era preciso ter essa certeza?! Concluiu que não, não precisava de certezas. Nessa época, Helena retomou contato com um grupo de práticas xamânicas que estudava no México, e de vez em quando um deles vinha conduzir cerimônias ancestrais em Curitiba. Numa dessas cerimônias, Helena voltou a sentir o desejo de ter uma família, e se reconectou com essa vontade que vinha sim do seu coração e confiou que o Grande Mistério da vida realizaria o seu desejo.

Hoje Helena se sente aprendendo com a vida mais do que nunca. Desde que perdeu o pai viveu fases intensas de se sentir despreparada, inadequada em um mundo imperfeito e quebrado. Quando está brava costuma dizer que nós, seres humanos, somos um bando de incompetentes, não sabemos agir, vamos tateando, vivendo as experiências sem saber direito como. Quando está mais serena, troca o incompetentes por aprendizes e diz que não existem respostas certas para as perguntas nascidas num mundo complexo, de relações cada vez mais complexas. Inexiste caminho fácil e solução previsível. Ao mesmo tempo em que esses conflitos estavam ativos dentro de Helena ao longo da vida, ela aprendeu a viver serena nessa imperfeição.

Alguns sonhos talvez não sejam realizados, são só um impulso na caminhada. Helena gosta de citar aquela famosa frase: "A utopia está lá no horizonte. Me aproximo dois passos, ela se afasta dois passos. Caminho dez passos e o horizonte corre dez passos. Por mais que eu caminhe, jamais alcançarei. Para que serve a utopia? Serve para isso: para que eu não deixe de caminhar." Foi minha avó quem me contou que a famosa frase não é do Eduardo Galeano. Foi uma confusão feita, Fernando Birri foi citado por Eduardo Galeano em 'Las palabras andantes?', mas a frase acabou sendo popularizada como sendo do Galeano.

Nada do que Helena planejou na adolescência para o seu futuro aconteceu como ela sonhou. Por outro lado, viveu experiencias tão incríveis que jamais as poderia ter sonhado na adolescência. Helena sente orgulho por tudo que viveu, construiu, pela vida que criou para si diante das circunstâncias que a envolveram, que a envolvem. Helena é capaz de afetar sua realidade com maestria. Dizem as pessoas sábias que a gente não precisa ir a lugar algum para conhecer a si, para conhecer o divino, a força criativa universal, a fonte da vida que se manifesta em tudo. Mas, sair do lugar conhecido e explorar novos mundos, ajuda. Para as pessoas da minha família não só ajuda, mas é fundamental trilhar essa jornada em busca de encontrar e dar sentido a existência. De não em não Helena seguiu em busca do sim. Nessa caminhada muito "talvez" e "será" tornou-se "já é", muito impossível se tornou real. Concretizar o que sequer foi sonhado preencheu a vida de Helena de significado mais do que materializar os sonhos que sonhou, quando sequer sabia quem ela era. Receber esse legado de vivências da minha avó torna minha própria trajetória mais lúcida e mais fácil.

Depois do frio e do recolhimento do inverno de 1975 em Curitiba, quando as sabiás anunciavam a chegada da primavera, Helena organizou o lançamento do seu livro. Na noite de autógrafos Eva e seu companheiro Dino, Raquel com a família e Regina com o namorado vieram de Foz do Iguaçu. Enrique e Renato também estiveram presentes. Foi uma noite linda de lua cheia, num pequeno e charmoso café no centro da cidade, o famoso Lilith, frequentado por feministas e homens solidários à causa feminista, gente da academia, intelectuais, artistas, poetas, escritores e escritoras. Era o ponto de encontro da Curitiba clandestina, que acolhia quem estava à margem e resistia a opressão da ditadura. A noite estava em seu auge, Helena estava deslumbrante, vestia um longo de seda verde como a floresta, um decote ousado que valorizava suas costas tatuadas com as plantas do seu jardim. Helena transbordava de contentamento ao autografar cada exemplar. No final da noite, o calor do vinho já rosava as maçãs do seu rosto e sua luz resplandecia tão forte como a lua que brilhava no céu.

Quando a próxima pessoa da fila se aproximou da mesa em que Helena autografava as obras, ela levantou o olhar para perguntar o nome para o autógrafo e perdeu a fala. Aqueles contornos e feições que ao longo dos anos pareciam estar se transformando num borrão, estavam agora mais do que vivos na sua frente, plasmados como um fantasma do passado que ressurge do nada. A mente oscilava veloz entre as várias alternativas para aquela presença inesperada. Disfarçaria a surpresa e o cumprimentaria com formalidade? E se ele estivesse ali por acaso? Se nem soubesse que era ela a escritora do livro lançado? Ela estava desconcertada, um terremoto escondia-se em seu sorriso sereno. O que ele estaria fazendo ali? E se? E se? Perdeu-se nos pensamentos. Ele tomou a iniciativa, deu a volta na mesa, tomou Helena pelos braços, não disse nada, apenas a abraçou calando dúvidas, como na poesia de Neruda "en un beso, sabrás todo lo que he callado", as palavras tornaram-se dispensáveis, voltou ao momento do primeiro abraço que tiveram, sentiu seu corpo junto ao dele tornando-se um, sentindo que talvez ela nunca tenha se separado dele, sentia a intensidade do primeiro e do último encontro, tornando pequenos os desafios que os separaram.

Naquela noite, depois do lançamento do livro, ficaram juntos, foi apenas um encontro, uma única noite, e mais uma vez o amor se foi da vida de Helena. Antes de partir ele confidenciou que corria riscos em estar ali. Estava de partida do Brasil e perderiam o contato, mais uma vez por prazo indeterminado. Na despedida disse que os desafios que os separavam eram pequenos somente no instante do abraço, no cotidiano tornavam-se cada vez mais abissais. Mas, dessa vez não deixou Helena sozinha, o fruto desse amor estava agora no ventre de minha avó. Naquela noite, Helena lançou seu livro e recebeu a semente para gerar sua única filha, Sofia. Descobriu a gravidez semanas depois, quando já não era possível avisar aquele homem que ele seria pai.

Quantas vidas cabem em mim? 179

Capítulo Dez

Quando chegou o momento de Sofia prestar vestibular decidiu em conjunto com Helena que iria para Foz do Iguaçu. A cidade tinha recém recebido o curso de Direito e Sofia escolheu morar com a tia Regina e conviver mais com a avó Eva, que já estava com oitenta e quatro anos. Sofia desejava estar mais próxima das origens da família materna, já que a paterna sempre foi um grande mistério para ela. Helena ficou feliz com a iniciativa da filha, sempre teve um carinho imenso por sua cidade de origem e sabia que Regina, Raquel e Eva dariam todo o apoio necessário à sua filha. No dia da partida de Sofia, Helena lhe deu de presente um novo diário, bem diferente do cor-de-rosa que minha mãe ganhou na sua menarca. O diário para marcar a fase adulta tinha uma capa de veludo azul marinho e as folhas eram brancas, sem qualquer traçado de linha, para que Sofia escrevesse sua história nas direções e formas que desejasse. Helena orientou a filha que escrevesse os relatos de sua nova etapa de vida no diário, a escrita ajudaria a manter a saúde mental.

Em Foz do Iguaçu, Sofia desfrutou do cuidado da tia Regina, sempre disposta a acolher, orientar, cuidar da sobrinha. Mergulhou nas conversas intelectuais com a tia Raquel, com quem podia falar sobre qualquer assunto com profundidade, citando trechos de livros que ela tinha lido há anos. Desfrutou da companhia de Bento, o primo mais velho, filho de Raquel, e, claro, aproveitou o colo da avó, que adorava mimar a neta e o neto com seus dotes culinários. Eva preservava a tradição da família alemã em fazer bolachas confeitadas, pintadas de glacê e salpicadas com açúcar colorido. Helena, Raquel e Regina amavam ajudar Eva nesse ritual, inclusive depois de adultas. Com Sofia e Bento não foi diferente.

Sofia logo se envolveu com as atividades locais da Igreja que Eva e seu companheiro Dino frequentavam. Minha mãe sempre respeitou os caminhos espirituais de Helena, mas não se identificava muito com as práticas xamânicas. Na Igreja, com Eva, sentia-se em casa, tornou-se catequista, participante dos grupos de jovens. A religião trouxe valores importantes para formação do caráter de Sofia, mas também lhe trouxe muito conflito, em especial no início da descoberta da sexualidade, afetada pelo peso do pecado católico.

Foi durante a faculdade, em 1994, que meus pais se conheceram. Sofia e Pedro tinham muitos amigos em comum, mas não se conheciam. Minha mãe o admirava de longe, o achava lindo, com aquele ar de roqueiro, cabelo comprido, pele morena, traços latinos marcantes, nascido no Brasil, mas filho do paraguaio Andres com a argentina Olga. Meu pai é a própria tríplice fronteira, em carne, osso e charme.

Sofia não era uma moça vaidosa, não se preocupava muito em estar arrumada, sentia-se diferente das outras meninas da faculdade sempre elegantes, já querendo parecerem advogadas, enquanto Sofia estava sempre de camiseta, jeans e tênis. Por isso, achava que Pedro nunca olharia para ela. Um dia, num desses fim de noite depois de uma balada, próximo ao amanhecer do dia, começaram a conversar na praça em frente à casa noturna que frequentavam, a famosa Agência Tass, que marcou a geração de Sofia e Pedro. Já estavam naquelas horas em que a festa acabou, mas ninguém consegue ir embora porque ainda está muito bom o clima de festa. Sofia sentiu uma reciprocidade de interesse de Pedro, ele perguntou onde Sofia trabalhava e se despediram apenas tocando os lábios. Na semana seguinte Pedro apareceu de surpresa no meio da tarde no estágio de Sofia. Depois tornou-se comum ir encontrá-la ao final da aula na faculdade.

Minha mãe fazia Direito seguindo os passos de seu avô João, e meu pai fazia economia, filho de pais que não tiveram oportunidade de fazer um curso superior. Em verdade não era bem um estágio que Sofia fazia, na prática ela cuidava da recepção, limpeza e cafezinho do escritório do advogado Wolfgang, que tinha sido sócio de seu avô João. Foi Wolfgang quem ajudou Eva, Helena, Raquel e Regina no reconhecimento dos outros filhos de João e na sobrepartilha da herança, e agora ajudava a neta de seu amigo a iniciar seu contato com o mundo jurídico.

Wolfgang achava que Sofia ainda estava muito no começo do curso, não podia ajudar muito com os processos judiciais. Sofia se indignava, estava ali para aprender, desabafava com Pedro que estava cansada de ser "a faz tudo do escritório", queria aprender advogar, servir café ela sabia desde criança. Uma vez Wolfgang pediu que ela fosse até a Justiça do Trabalho protocolar uma petição e instruiu: sem cópia. Ela foi faceira. Chegou ao lugar de protocolo, entregou o documento e disse com uma segurança inabalá-

Quantas vidas cabem em mim? 183

vel para a atendente: cem cópias. A mulher estranhou. Tem certeza? Por quê você precisa de cem cópias? Não seria sem cópia? A segurança sucumbiu, e num sorriso envergonhado ela pediu para usar o telefone para certificar-se com o advogado. Era sem cópia mesmo, Wolfgang tinha aprendido com João nunca fazer cópia das petições para economizar papel, confiava que a peça protocolada seria anexada ao processo. Sofia começou a aprender com seus erros.

Em outra oportunidade, o advogado pediu a minha mãe para fazer o serviço de banco. Ela chegou no Bradesco, colocou um dos cheques no envelope de depósito e começou a preencher os dados, de repente lembrou de outra conta a ser paga no banco Banestado, que fechava uma hora antes, devia ter ido lá primeiro. Desesperada, interrompeu o preenchimento do envelope e saiu correndo. Ao terminar o serviço no Banestado deu-se conta do cheque esquecido dentro do envelope no Bradesco. Correu de volta, e por ter mais sorte que juízo, o envelope com o cheque estava no mesmo lugar que ela havia deixado. Ela sempre conta essas histórias aos seus alunos, divertindo-se muito com os próprios erros e aprendizados. Hoje ela é professora no curso de Direito de duas faculdades em Foz do Iguaçu.

Minha mãe seguiu a carreira do meu bisavô, talvez em busca de se conectar com uma figura masculina, cercada por leis e regras por toda parte. Mas, já durante a faculdade, as contradições entre lei e justiça, direito e moral, teoria e prática, a levaram a grandes crises com a profissão, acentuadas por seus conflitos internos com a figura paterna, que representa a lei na visão da psicanálise. Com o incentivo da tia Raquel, iniciou desde a faculdade suas sessões de psicanálise para caminhar com mais consciência de sua história na jornada da vida.

Mas, também distraía-se das questões existenciais nas frequentes e animadas festas que uma fronteira como Foz do Iguaçu proporcionava nos anos 1990. Enturmou-se com a galera que Pedro andava. Eram pessoas muito inteligentes, interessantes, mas uma juventude que estava bem curiosa em viajar fumando maconha, cheirando cocaína, lança-perfume e se anestesiar com grandes quantidades de bebida alcóolica. Sofia tomava cerveja, vinho, de forma consciente, mas com o tempo acabou se perdendo, exagerava na cerveja, passava mal com a ressaca, e precisava ficar de castigo ouvindo as orientações e repreensões da tia Regina e da avó Eva. De forma eventual usava lança-perfume quando ia pra Argentina, porque lá era liberado. Mas, Cannabis tinha medo de experimentar, era ilegal e o conflito com a lei era algo que Sofia não queria encarar. Somente depois de formada abriu-se com Helena sobre esse conflito e teve a oportunidade de ouvir a sabedoria da minha avó em sua experiência com a Cannabis e outras plantas enteógenas. Helena orientou a filha que tudo o que a Terra oferece é medicina, mas é preciso consciência para acessar o poder dessas medicinas. O momento, o lugar, a forma e a quantidade do uso são fundamentais para evitar que a medicina se torne veneno. Sofia passou a usar de forma muito eventual a Cannabis e sentiu que sua conexão com a planta era muito amorosa, entendeu o porquê de povos originários chamarem a planta de Santa Maria, era isso que Sofia sentia, estar no colo de Nossa Senhora.

Desde o início do curso de direito Sofia lidou com os conflitos de justiça e injustiça. A direção da faculdade au-

Quantas vidas cabem em mim? 185

mentou de forma desproporcional o valor da mensalidade o que gerou protestos e greves do corpo discente. O presidente do centro acadêmico na época fez um acordo com a direção da instituição, vantajoso para a faculdade, o que gerou ainda mais revolta entre estudantes. Foi um momento difícil para a turma que se organizou para protestar, além dos apitos e buzinas em passeata pela avenida Brasil da cidade, onde ficava o prédio da faculdade, o grupo também usou uma estratégia nada ortodoxa para demonstrar seu descontentamento. Organizaram o dia da pendura num hotel de propriedade de um dos sócios da faculdade. O dia da pendura é uma tradição que acontece no dia do advogado, quando estudantes de direito comem e bebem em restaurantes e se recusam a pagar, alegando não ser crime porque o dispositivo do código penal diz que o crime acontece quando a pessoa come em algum lugar sem ter recursos para arcar com a despesa. No caso de quem faz a pendura, há o recurso para pagar, mas se recusam a pagar a conta. Apesar do amparo legal, Sofia acreditava ser uma tradição imoral. Mas, no estabelecimento do sócio da faculdade, que travava uma guerra nos preços das mensalidades parecia justo participar.

Também foi durante a faculdade que Sofia iniciou suas descobertas no campo da sexualidade. Ela e Pedro aos poucos foram encontrando os pontos de prazer no corpo e os gatilhos de pecado na mente. Pedro foi o primeiro e único namorado de Sofia. A presença da tradição católica na vida de Sofia a mantinha em conflito com a prática sexual antes do casamento. Sofia e Pedro avançavam nas mais diversas formas de preliminares, só não podiam romper a barreira transparente do pecado, daí seria sexo antes do casamento, e isso não podia acontecer. Depois dos encontros de prazer, vinha a culpa, o conflito sobre estar cometendo pecado mesmo sem consumar totalmente o ato. Cada vez que o tesão intensificava nos amassos, era um aperto na mente, não é à toa que o diário da minha mãe dessa época está cheio de códigos. Ela demorou para me ensinar a ler os códigos. Mas, por fim, achou que seria instrutivo para mim conhecer esse processo, e importante para nossa intimidade. E foi. Ler sobre as culpas desnecessárias que minha mãe carregou, me ajudou a viver minha sexualidade de forma mais livre e amorosa.

A história dos meus pais é o típico roteiro da geração deles, se conheceram no início da faculdade, se formaram, casaram, fizeram mestrado, tiveram a mim. Construíram carreiras estáveis, minha mãe como advogada e professora, meu pai como empresário e professor.

A família de Pedro tornou-se a família de Sofia. Como minha avó Helena morava longe, Sofia cada vez mais se integrava com a sogra Olga e com o sogro Andres, especialmente Andres, que aos poucos foi assumindo o lugar da figura paterna, ausente da vida de Sofia desde sempre.

Pedro e Sofia também sonhavam com sua própria família, faziam planos de ter sete crianças depois que se formassem. Um time de futebol suíço! Não sabiam se todos seriam fruto de gravidez da minha mãe, talvez adotassem algumas crianças. Eram seus sonhos de juventude. A vida trouxe uma realidade diferente.

Casaram como o planejado, logo depois da formatura. Uma cerimônia pequena para as pessoas mais próximas da família. Contrariando as tradições da época, Pedro e Sofia entraram ao mesmo tempo na igrejinha de madeira de um

Quantas vidas cabem em mim? 187

Hotel próximo das Cataratas. De pés descalços, o casal caminhou em direção ao altar ao som de *Cocteau Twins*, a banda preferida de Sofia e Pedro. Ela levava margaridas e girassóis nas mãos, ele alecrim no bolso da camisa. Ela usava um vestido tomara que caia, de saia vigorosa, tule bordado com capricho e linhas coloridas pela avó de Pedro. O noivo vestia uma bela camisa branca com os mesmos bordados indígenas do vestido de Sofia. Entraram sorridentes, cumprimentando as pessoas com o olhar. O casamento foi celebrado pelo Frei Marco Antonio, primo de Sofia. As palavras do Frei durante a celebração, "como é lindo esse caminho de ir ao encontro de si, ao lado de quem partilha do amor recíproco, encontrar a essência e aprender a determinar o curso da nossa jornada e transformar tudo em harmonia", fizeram lágrimas escorrerem sorrateiras pelos cantos dos olhos de Sofia e Pedro. Essas palavras seguem sendo repetidas pela minha mãe todo ano no aniversário de casamento.

Quando Sofia e Pedro decidiram que já era hora de pensar na gravidez, Sofia parou de tomar a pílula anticoncepcional e por meses seguidos após o período fértil esperavam a boa notícia, mas o sangue de Sofia escorria do ventre anunciando que mais uma vez não havia gestação. A frustração aumentava a cada ciclo. Começaram uma maratona de consultas médicas para entender porque Sofia e Pedro não concebiam a gravidez, exames e mais exames. Não foi encontrada nenhuma causa clínica, tanto minha mãe como meu pai tinham ótima saúde, se alimentavam bem, praticavam exercício físico. Desde quando se conheceram andavam de bicicleta. Começaram com os passeios românticos pelos pontos turísticos da tríplice fronteira, com o tempo foram se profissionalizando. Certa vez fizeram uma viagem de bicicleta de Foz do Iguaçu a Buenos Aires, foram vinte e um dias pedalando.

Foi preciso muita resiliência para realizar o sonho de terem uma criança, dos mais ortodoxos aos mais disruptivos. Minha mãe e meu pai faziam de tudo, viagens para consultar com especialistas na capital, simpatias, posições sexuais curiosas, faziam tudo que ouviam de conselhos e dicas para engravidar, mas o bebê não vinha. Sofia acreditava na ciência e no misticismo ao mesmo tempo, estava convicta de que o desejo era mais forte que a biologia.

Minhas avós Helena e Olga apoiaram Sofia e Pedro o tempo todo. Pesquisaram e indicaram parteiras e benzedeiras experientes.

Helena, quando engravidou de Sofia, começou a fazer parte de um grupo no sul do Brasil que vinha da mesma tradição da busca da visão que ela tinha feito no Equador, uma grande família que perpetuava os ensinamentos dos povos originários da América do Norte e Latina no Brasil. Helena passou a se envolver muito com esses rituais, que se tornaram seu caminho espiritual sólido e foi nessa comunidade que encontrou as forças e a nutrição necessária para viver sua gravidez longe da família de origem e criar Sofia como mãe solo. Com o sofrimento que presenciava sua filha viver agora, na tentativa de tornar-se mãe, a experiência que os conhecimentos ancestrais lhe trouxeram deram a confiança que precisava para apoiar Sofia. Olga também conhecia *abuelas* da Argentina e do Paraguai que foram consultadas, vantagens de se viver numa tríplice fronteira. Abraçaram todas as possibilidades de ajuda.

Quantas vidas cabem em mim? 189

Enquanto minhas avós buscavam ajuda espiritual, meu pai Pedro pesquisava na recém popularizada rede mundial de computadores, com uma conexão lenta e discada, médicos e médicas que pudessem auxiliar na realização do sonho de terem um bebê.

Helena, todas as noites, acendia sua Pipa na intenção da gravidez da filha, no seu Círculo do Fogo rezava para que os caminhos se abrissem e o grande mistério permitisse que o sonho da filha e do genro se realizasse. Era também o sonho de Helena, queria ter uma neta, ou um neto, para contar suas histórias e aventuras.

Sofia e Pedro estavam frustrados com tantas tentativas sem sucesso, até que uma das curandeiras que Sofia consultou, uma *abuela* do Paraguai, conhecida da família de Olga e Andres, muito sensível e com dons mediúnicos, disse para Sofia que ela precisava deixar de tentar engravidar, já era muito tempo vivendo a angustia da frustração, precisava descansar, viajar, viver outras experiências, disse que era para Sofia se tranquilizar que sua rosa estava a caminho. Sofia se surpreendeu com a analogia, até então só ela, Helena e Pedro sabiam que Rosa era uma opção de nome para a criança, se fosse menina.

Sofia buscava nas sessões semanais de psicanálise uma explicação emocional, um trauma de infância, algo que pudesse ser trazido ao consciente para que os caminhos para a gravidez se abrissem. Sua psicanalista era bastante cética com as empreitadas místicas de Sofia, mas Sofia não via problema nisso e a assertividade com que a psicanalista conduzia o processo analítico traziam muita clareza para minha mãe. Era um espaço seguro para Sofia abrir seu coração, para olhar as dores que escondia de Helena, de

Pedro. Acho que o único lugar que Sofia conversou, e conversa, sobre a ausência do meu avô na vida dela é o divã, talvez fosse essa relação de distância do pai que a estivesse impedindo de ser mãe.

Passados alguns dias do encontro com a *abuela* do Paraguai, Sofia finalizou com sucesso um processo judicial, que rendeu excelentes honorários. Ela ficou em dúvida do que fazer com o dinheiro, conversou com Pedro sobre trocarem de carro, buscar um tratamento para gravidez fora do país, mas uma longa viagem de férias pareceu ser o que o conselho da *abuela* sugeria. Sofia tinha uma amiga jornalista, Beatriz, que estava fazendo mestrado em Londres, e a convidou para fazerem uma viagem juntas. Tudo conspirou para que Sofia seguisse os passos de Helena e também vivesse sua aventura pelo mundo, ainda que num período mais curto, é verdade, mas também com intensidade para ela.

Capítulo Onze

Depois de algumas horas de atraso, de uma correria para pegar a conexão em Guarulhos, Sofia aterrissou em Londres. Com o coração disparado encarou a enorme fila para o controle de passaporte, com seu super inglês "the book is on the table", estava preocupada em ser mandada de volta ao Brasil. Beatriz tinha feito um roteiro em inglês das perguntas e respostas, para que Sofia pudesse falar na entrevista. Sofia também carregava um dossiê enorme de documentos comprovando renda, residência no Brasil e uma carta de Beatriz declarando que hospedaria Sofia em Londres. Nas primeiras perguntas Sofia atrapalhou-se um pouco, mas com o dossiê em mãos foi mostrando tudo ao agente de imigração, e ao final do interrogatório, para sua tranquilidade, passaporte carimbado. Correu em busca das malas. Além da sua bagagem, levava também uma mochila com roupas de inverno para Beatriz, que quando foi para a Inglaterra ainda era verão. Chegando nas esteiras, a surpresa. Onde estavam suas malas? Não chegaram.

Beatriz esperava no desembarque e surpreendeu-se quando Sofia apareceu apenas com a pequena bagagem de mão. Pegaram o metrô até Raymont Hall, acomodação para estudantes da Universidade Goldsmiths, onde Beatriz fazia seu mestrado. Sofia contou as aventuras da viagem e

Quantas vidas cabem em mim? 193

que as malas deveriam chegar no dia seguinte, segundo a companhia aérea. Sofia repetia para Beatriz:

— Inacreditável! Não creio que estou aqui. *Dream Trip*!

Chegando no quarto de Beatriz, Sofia pediu o computador emprestado para enviar um e-mail para Pedro e contar que a viagem correu bem, mas as malas não vieram. Ela estava tão feliz por estar ali que nem se importava com o imprevisto. Beatriz emprestou algumas roupas para Sofia, inclusive uma calcinha. Sofia se arrependia de não ter colocado uma muda de roupa extra na bagagem de mão. Nunca mais pegou vôos longos sem uma calcinha na bolsa de mão.

No dia seguinte, enquanto Beatriz foi para Universidade, Sofia pegou o metrô para Westminster. Nas primeiras horas sozinha por aquele país desconhecido e com um inglês lamentável, sentiu-se ansiosa, o frio percorria a espinha, da base da coluna ao topo da cabeça. Mas, conforme foi dando tudo certo no metrô e nas interações que precisou fazer, foi aquietando-se. Passou pelo Big Ben, as Casas do Parlamento. Na sua mente uma palavra se repetia:

—*Wonderful*!

Ao chegar na Abadia de Westminster, deitou na grama e ficou apenas apreciando, desfrutando do privilégio de estar ali, imaginou Pedro deitado ao seu lado. No segundo dia em Londres a rotina se repetiu. Beatriz para a Universidade. Sofia para o turismo. Saiu para caminhar meio sem rumo. Acabou na Trafalgar Square, deparando-se com uma escultura comovente de uma mulher nua, sem braços, com as pernas muito curtas, e grávida de oito meses. Uma estátua de mármore com mais de três metros de altura. Sofia perdeu-se no tempo ao apreciar aquela mulher com deficiência grávida, lembrou de Pedro, das tentativas de ficar grávida, dos momentos que achou que para ela seria impossível ser mãe e recuperou a esperança, conectou-se mais uma vez com seu desejo de ser mãe, e confiou que seu sonho seria realizado.

Ainda com a imagem da escultura na mente, caminhou até a National Gallery. Sofia encantou-se com os Girassóis de Van Gogh. Na National Gallery ainda teve encontros com Da Vinci, Rembrant, Monet, e muitos outros que ela sequer sabia o nome. O museu fechou e Sofia foi conhecer o Palácio de Buckingham.

No caminho passou pelo Cabinet War Rooms, seguiu caminhando pelo St. James Park até o Palácio. Sofia não achou muito bonito, aliás lhe pareceu bem simples, em sua avaliação o prédio do Parlamento era infinitamente superior em beleza. Sentou-se num monumento em frente ao palácio, esperando acontecer a troca de guarda, logo as pessoas que estavam perambulando por ali se aproximaram do portão. Sofia curiosa aproximou-se e viu a segurança do palácio escoltando um grande carro preto que estava de saída, quando o carro passou pelo portão, Elizabeth II sentada no banco de trás acenou para as pessoas. Sofia viu a rainha. A rainha. De pertinho. Sofia tem uma foto desse aceno da rainha e adora mostrar às pessoas, falando que sua foto merecia ser capa da Folha de São Paulo.

Antes de ir encontrar Beatriz na Universidade para voltar para casa, Sofia ainda viu uma troca de guardas, não aquela feita para turista ver, cheia de pompa e circunstância, mas a simples, do dia a dia do Palácio.

Chegaram ao Raymont Hall e as malas de Sofia ainda não haviam sido entregues. A companhia aérea informou

Quantas vidas cabem em mim? 195

que seriam levadas naquele dia, mas a hora era incerta. Não chegaram, ficou para o dia seguinte, obrigando Sofia a passar o dia em casa na espera. Já estava quase perdendo a esportiva quando o entregador apareceu, quase três da tarde, quarenta e oito horas depois do voo, o que deu à Sofia direito a um auxílio emergencial de cinquenta *pounds*. Sofia encarou como o lado Pollyana da vida. Mas, precisou de suas habilidades de advogada até conseguir receber a indenização, só teve acesso ao dinheiro quando já estava de volta ao Brasil.

Depois de receber as malas, Sofia foi ao Green Park e ao Hyde Park, o dia estava nublado, mas não estragou o passeio, caminhando pelos parques Sofia observava as pessoas, o trânsito, divertia-se com os semáforos para bicicletas e cavalos. Mas, surpresa mesmo ficava com o figurino das mulheres, as combinações, e descombinações de acessórios, cores e estampas, pensava em sua tia Regina, sempre ligada em moda, que ficaria horrorizada com a cultura das ruas londrinas, que não ornava nada com nada. Também se surpreendeu com a grande quantidade de pessoas que usavam a bicicleta como meio de transporte, muitas delas dobráveis e práticas, Sofia estava deslumbrada, com olhos de criança que veem o mundo pela primeira vez. Comeu um *hot dog* no Hyde Park, que não passava de um mísero pão com uma salsicha seca no meio, na chapa, nada próximo dos cachorros-quentes do Brasil, recheados de sabor, molhos e ingredientes diversificados.

Depois de caminhar pelos Parques, foi até Convent Garden encontrar Beatriz. As amigas foram a um *pub*. Se perderam no tempo conversando sobre a vida, suas trajetórias, o que viveram nesse período em que estavam separadas pelo oceano. Depois caminharam pela ponte até a estação Waterloo, ouviram "fundamental é mesmo o amor, é impossível ser feliz sozinho..." ecoando na travessia da ponte, um músico solitário encantava a noite londrina com a música brasileira. Chegaram em casa sem sono nenhum, conversaram madrugada adentro.

No dia seguinte acompanhou Beatriz até a Universidade. Passeou pelo *campus*, conheceu o estúdio de artes, os quadros do Alê, um amigo carioca da Beatriz, que fazia mestrado em artes e também morava no Raymont Hall. Almoçaram num restaurante Tailandês com umas amigas portuguesas de Beatriz. Comida deliciosa, companhia divertidíssima. Depois do almoço um café na Universidade e lá foram elas para Camden Town, o único lugar que Sofia visitou duas vezes na Inglaterra, amou demais. A cara de Londres, tipos exóticos, mistura de tribos, povos, cores e sabores. Várias lojas, do *hippie* ao *have*, passando pelo *rock*, *punk*, *grunge*, gótico, *hip hop*. Entraram numa loja em que tudo era flúor e Sofia lembrava da sua tribo da faculdade que era muito fã de raves e música eletrônica, conheceram outra loja com diversos produtos feitos de Cannabis.

Depois foram visitar Saint Paul. A catedral lindíssima estava fechada, Sofia e Beatriz planejaram voltar lá depois, não voltaram. Como Saint Paul estava fechada, atravessaram a Millenium Bridge e foram a Tate Modern, tinha uma exposição do brasileiro Oiticica, mas já estava fechada também. Então, foram ao Teatro do Shakespeare, verificaram a programação e decidiram voltar lá também depois para ver o Mercador de Veneza. Não voltaram.

O dia já estava terminando e as amigas com as pernas cansadas tentaram voltar para casa. Os trens estavam todos parados e elas precisaram alterar o trajeto, voltaram ao metrô, depois pegaram outra linha de trem e ainda um ônibus, até, enfim, conseguirem chegar em casa. O Alê tinha preparado um jantar delicioso, ficaram na cozinha do Raymont Hall batendo papo até tarde da noite. Foram para o quarto e enquanto Sofia tomava banho, Beatriz começou a cantar parabéns, à meia noite, já era aniversário de Sofia. Fazer aniversário na viagem dos sonhos era o presente perfeito. Um fato curioso dessa viagem é que dois anos antes, Beatriz tinha ido de férias para Londres, e quando voltou ao Brasil levou um postal para Sofia escrito: "Lembrei muito de você aqui na Inglaterra, principalmente no "The Cavern", o pub onde os Beatles começaram a carreira. Um dia passearemos por esse mundo juntas". Quando recebeu o cartão Sofia jamais imaginou que seria tão rápido como foi.

Sofia e Beatriz foram dormir super tarde e madrugaram para passar o aniversário de Sofia na praia, Bournemouth. Antes de saírem de casa, Sofia conferiu seu e-mail para ver se Pedro já tinha mandado os parabéns, claro que ele tinha, se tem uma coisa que meu pai não abre mão é de ser o primeiro a dar os parabéns para minha mãe, o e-mail tinha sido enviado às 00:01 de Londres, o que foi fácil para Pedro fazer, já que no Brasil são quatro horas a menos. Pedro sempre foi muito bom em declarações de amor, nas palavras e gestos, minha mãe tem pilhas de cartas, cartinhas, cartões, bilhetes, faixas, uma infinidade de amor registrado em papel. Flores e joias também estavam entre os presentes preferidos de Pedro para Sofia. No e-mail ele mandou uma foto de uma pequena caixa de presente, dizendo que o presente mais especial aguardava por ela em seu retorno ao Brasil. Sofia ficou muito curiosa com o que seria, ao longo do dia ela e Beatriz ficaram tentando adivinhar o que teria dentro da caixa.

Às 7:30 da manhã as amigas já estavam na estação Waterloo para pegar o trem, duas horas até Bournemouth, nem parecia que tinham dormido tão pouco, a eletricidade das duas estava em nível máximo, não paravam de falar, de cantar, de rir. Passearam pela praia, apesar dos intervalos de sol e nublado, como tinha anunciado a previsão do tempo no dia anterior. Alê e Tini, uma amiga da Malásia, também foram a Bournemouth. Sofia comprou um cartão postal para Pedro e fez questão de enviar de Bournemouth mesmo, escreveu para ele quase o mesmo que Beatriz tinha escrito para ela "Estou lembrando muito de você aqui na Inglaterra, principalmente nessa praia linda. Um dia passearemos por esse mundo em família". Ao chegar em casa, Sofia checou as mensagens, recebeu muitos recados, sentiu-se amada e prometeu fazer uma grande festa de aniversário na volta para contar sobre a viagem e ser abraçada de perto.

Já passava das dez da noite quando Sofia começou a sentir o cansaço, o dia foi exaustivo para o corpo, sentia-se "podre" e lembrava de sua tia Raquel que dizia: "é um podre que vira fertilizante".

Os dias em Londres seguiram tão intensos, e Sofia estava tão empolgada que fazia planos de convencer o marido a tentarem o doutorado na Europa. Sofia ainda não voltou para a Europa depois dessa viagem e ela e meu pai fizeram doutorado no Brasil mesmo. Eu acho que a maternidade mudou os planos da minha mãe e ela parece não se arrepender. Acho que ela desejou tanto que eu

Quantas vidas cabem em mim? 199

nascesse, que encontrou um equilíbrio saudável entre a sua individualidade e os seus papéis de esposa, mãe, profissional, viajante.

Numa daquelas manhãs, as amigas acordaram tarde, tomaram café com Alê e o casal de Gregos, Klimis e Eirini, que também fazia parte da família *Raymont Hall* de Beatriz. Depois do café passearam por Nothing Hill. Sofia, mais uma vez sentindo-se num cenário de filme. À noite, depois do jantar, foram ao quarto do Alê mostrar algumas fotos dos passeios que haviam feito. Tomaram vinho, conversaram até muito tarde, Beatriz voltou ao quarto dela e Sofia ainda sem sono continuou a noite com Alê, conversavam como se fossem íntimos, tinham uma conexão interessante. Sofia, a princípio, achava que Alê era gay, mas aos poucos o vinho foi entorpecendo os sentidos e uma atração sexual apresentou-se, Sofia esqueceu por completo da sua vida de casada, voltou a se sentir jovem conhecendo um novo *crush*, que minha mãe diria um novo flerte. Entregou-se ao desejo, naquela noite gozou com liberdade e relaxou nos braços de Alê.

Na manhã seguinte, o sentimento de culpa apareceu. Seria traição à Pedro viver aquele momento? Para geração da minha mãe as relações abertas naquela época eram ainda um completo absurdo. Aceitar a bissexualidade como opção natural de qualquer pessoa também era incomum naqueles tempos. O desejo sexual, suas implicações e complexidades sociais, ainda é resumido por muita gente como um simples impulso natural, inexplicável, um encaixe de formas físicas, a forma do falo na forma da vulva, como se uma relação entre pessoas se limitasse a apenas dois dos órgãos sexuais se encaixando de uma única maneira possível. O sexo é marcado pela cultura, uma cultura que pode produzir e reproduzir muitas inseguranças emocionais com seus preconceitos conservadores. A cultura impôs e ainda impõe regras que são contrárias à natureza. Fico feliz que estejamos vivendo hoje uma transição que abre espaço para reconhecer as diversas formas de se relacionar, com ajustes e combinados que permitem às pessoas viverem mais livres, independentes, inteiras, me sinto privilegiada por fazer parte dessa nova geração.

Minha mãe viveu apenas uma semente disso com Alê, se abriu com Beatriz, disse que o sentimento de ter traído Pedro estava coexistindo com o sentimento de que não era uma traição, de que esse impulso sexual desfrutado, nesse momento, em Londres, numa experiência única, era algo que não maculava o amor e a relação dela com Pedro. Estava confusa. Beatriz apoiou a amiga, disse que o encontro com Alê nada tinha de crime, pecado, foi uma oportunidade de Sofia reconhecer-se como mulher desejante, desfrutar da sua libido com liberdade, num país estrangeiro, com um homem interessante, não interferia no amor que sentia por Pedro. De todo modo, decidiu não contar a Pedro sobre a experiência. Só depois que eu comecei a viver minha vida sexual é que a revelação foi feita, num momento íntimo nosso em família. Meu pai, a princípio, esboçou ciúmes, mas logo compreendeu a mudança dos tempos, disse que não havia nada a ser perdoado, apenas compreendido. E, de certa forma, tanto minha mãe, como meu pai, acreditam que essa experiência possa ter ajudado a liberar algo na relação deles, na volta da viagem o vínculo e a paixão de Sofia e Pedro estavam ainda mais vivas.

Quantas vidas cabem em mim? 201

Sofia já entrava em clima de despedida da viagem, aproveitou os últimos euros que tinha para sentir-se rica passeando pela Harrods e Oxford Street. Sofia fez sua primeira compra caríssima da vida. Comprou uma carteira da marca Prada por cem euros, o que equivalia a quatrocentos reais no início dos anos 2000. Valeu o investimento, é a carteira que minha mãe usa até hoje.

No último dia em Londres, Sofia, Beatriz e Alê foram ao museu do Freud. O consultório do psiquiatra em Vienna foi reproduzido tal e qual no museu, com tudo o que era dele, a coleção de antiguidades, o divã e inclusive o tear da sua filha Anna, que seguiu a carreira do pai. Sofia, emocionou-se, sentiu a presença do pai da psicanálise, a importância que os estudos dele e de Lacan tinham na sua vida, a clareza que suas horas deitadas no divã ao longo dos anos trouxeram para suas ações.

Ainda teve espaço na programação para voltar ao bairro Camden Town e fechar a viagem com um programa cultural, o espetáculo Stomp. Passaram por Convent Garden e foram a West End, a Broadway de Londres, para assistir ao espetáculo. O grupo Stomp faz som sem instrumentos musicais e voz. Lança mão de uma infinidade de objetos cotidianos, desde grandes tonéis, até jornais, pia, vassoura. Um êxtase para os sentidos.

Ao final de quase um mês juntas, a despedida de Sofia e Beatriz no aeroporto foi uma mistura de aperto no coração com sensação de plenitude. Dizem que viajar é uma prova de fogo para qualquer relação. Sofia e Beatriz passaram com louvor, seguem amigas até hoje, já fizeram muitas outras viagens juntas. Beatriz é minha madrinha.

Ao voltar para casa e reencontrar Pedro, Sofia estava radiante, a viagem teve o poder de dissipar suas preocupações, desconectar do trabalho e viver cada momento com vivacidade. Pedro entregou a caixa de presente de aniversário para Sofia, enfim, ela descobriria o mistério, era uma gargantilha de ouro, uma corrente muito fina e delicada, com um pingente que trazia uma rosa branca feita de pérolas. Desse reencontro eu nasci. Foram nove meses de uma gestação sem quaisquer complicações. Cheguei ao mundo de parto natural, como Sofia sempre sonhou, com o apoio das minhas avós Olga e Helena, seguindo as instruções e recomendações do caderno da minha tataravó Maria, parteira e curandeira.

Enfim, concebida no inverno, nasci Rosa numa manhã de outono, a primeira e única filha de Pedro e Sofia. Sou o fruto de um sonho muito nutrido pela minha mãe e meu pai. Depois que nasci as pedaladas do casal ganharam companhia. Sofia e Pedro me levavam junto nas aventuras, ora na bicicleta de um, ora na da outra. Essa sensação do vento no rosto quando a bicicleta vai ganhando velocidade permanece em mim, fecho os olhos e me vejo criança, sorrindo, os cachos do cabelo descontrolados, a adrenalina da vida pulsante.

O espírito aventureiro de Eva e João foi transmitido a cada geração. Quando chegou a época de eu fazer vestibular, peguei a mesma estrada que minha mãe, só que na direção oposta.

Sofia deixou a casa da mãe Helena em Curitiba para ir morar com a tia Regina em Foz do Iguaçu, ficar próxima da avó Eva. Eu deixei Sofia e Pedro em Foz do Iguaçu para ir morar com minha avó Helena, em Curitiba.

Quantas vidas cabem em mim? 203

No dia da mudança para Curitiba, Pedro e Sofia fizeram questão de me levar, carregamos o carro com muita roupa de inverno e com meus objetos pessoais. Quando já estávamos prestes a pegar a estrada, Sofia me surpreendeu com uma pequena caixa de sapato. Dentro da caixa estavam alguns de seus diários, ela me disse:

— Filha, muitas vezes há sentimentos e experiências que são difíceis de dizer, mas fáceis de escrever. A escrita é uma herança da nossa família e há histórias que chegou a hora de você conhecer. Aqui estão algumas das minhas intimidades, para que aos poucos você conheça e se sinta mais próxima de mim, mesmo morando longe. Estou e estarei sempre com você, para o que você precisar. Seu pai e eu. Sua avó Helena também vai saber te apoiar em qualquer dificuldade que você tenha, será uma linda nova trajetória na sua vida. Você nasceu para ser artista, vai brilhar nos palcos e nas telas de cinema. Seremos sempre líderes do seu fã-clube.

Não tinha curso de teatro em Foz, então, prestei vestibular na Faculdade de Artes do Paraná, passei na primeira tentativa e aqui estou, desfrutando meus fins de tarde conhecendo mais sobre a minha família, nas conversas profundas que tenho com Helena no jardim, e nas leituras reveladoras do diário de Sofia.

Capítulo Doze

Nosso ritual naquele fim de tarde no jardim de Helena foi interrompido com o vitral da varanda estilhaçado pelo ato infantil de um idoso. O inesperado encontro, aguardado por tantos anos, fez Helena perder os sentidos. Telefone, ambulância, hospital. Jamais imaginei que meu encontro com meu avô fosse acontecer assim, nessa circunstância desesperadora. Tento acalmar minha mãe pelo celular que está desesperada em Foz, em busca de voos para Curitiba, peço para ela esperar, talvez não seja necessária a viagem. Acredito que minha avó está bem, mas tenho medo.

Antonio e eu estamos aqui nessa fria sala de espera. Dois estranhos que tem o mesmo sangue nas veias. Está me irritando. Talvez seja essa barba laranja que eu sempre quis conhecer, e agora me faz sentir raiva. Por quê ele não apareceu antes? Por quê só agora? Por quê desse jeito? Por quê fez minha avó vir parar no hospital com esse ato infantil? Quem é esse homem? Ou melhor, quem foi esse homem? Quem é esse velho? O poder aos civis foi devolvido em 1985. A ditadura já acabou faz tempo, muito embora haja traços fascistas fortes no governo atual não se compara à perseguição dos tempos dos militares no poder. Antonio não corre mais risco de vida no Brasil há décadas, décadas! Por quê ele não apareceu? Por quê não procurou Helena antes?

Quantas vidas cabem em mim? 205

Ele não fala nada, não sabe o que fazer com as mãos, coloca no bolso, tira, olha para as unhas como se estivesse procurando resposta para as suas angústias. Levanta, caminha até a janela, volta a sentar no sofá. Dezenas de vezes repete o ciclo. Pega uma revista, vira as páginas de forma automática. É óbvio que ele não está lendo nada, talvez esteja fugindo de me encarar. Olho no relógio da sala de espera, um círculo redondo branco, com pesados ponteiros pretos, preguiçosos, demoram a mudar de lugar, passeando sem pressa pelos algarismos romanos. Chego a pensar que o relógio está parado no tempo. A espera é angustiante para mim e para ele. Levanto, vou até a janela, olho para o pátio do hospital, me distraio com uma enfermeira empurrando uma jovem numa cadeira de rodas, tento decifrar qual a enfermidade enfrentada pela menina sorridente. Parece estar lidando bem como o fato de estar num hospital. Acho que ela deve ter uns quinze anos, conversa com a enfermeira e dá risada, parecem íntimas, está confortável, à vontade, nem demonstra estar doente. Não fosse o fato de estar tão magrinha, com os ossos da clavícula salientes, seria impossível dizer que ela está doente. Tem algo na garota que me lembra a Yasmin. Resolvo mandar uma mensagem para ela, contando sobre a minha avó.

Conheci a Yasmin depois que viajei com meu grupo do teatro para um festival de música, Psicodália, um grande acampamento numa fazenda no interior de Santa Catarina. Um dos meus amigos do teatro já tinha ido várias vezes nesse festival e conhecia muita gente de outras cidades que sempre participava do evento, nessa galera estava um moço de Minas Gerais, o Santiago, biólogo, uma figura muito interessante, que estava se dedicando a um projeto de construir uma torre gigantesca para captar água da chuva, já pensando na crise hídrica prestes a se consolidar com a catástrofe ambiental que vem sendo provocada pelas grandes indústrias capitalistas mundiais.

Santiago contou do projeto com uma timidez charmosa que chamou minha atenção. Foi um daqueles momentos clichês da vida, de paixão à primeira vista. Vivemos dias de êxtase no festival. Curtimos a liberdade de amar sem compromisso, beijamos outras pessoas juntos, nos divertimos de forma leve, o sentimento era de desejar que o tempo parasse e o festival durasse para sempre. O Festival acabou, mas seguimos nos relacionando à distância, tínhamos a liberdade de continuar nos relacionando com outras pessoas, experienciando o poliamor, e tudo fluía muito bem. Ele veio me visitar em Curitiba, conheceu minha avó Helena.

Quando chegou o dia de executar o projeto da torre de captação de água fui para Minas acompanhar. Vários amigos de Santiago ajudando a colocar a torre em pé, um trabalho braçal e sincronizado. Foi lindo participar desse marco que pode ser um dia uma alternativa viável para a escassez de água potável no mundo. Nessa viagem conheci Yasmin, a namorada de Santiago em Belo Horizonte. Tivemos nossos momentos de amor a três, mas quando voltei para Curitiba, minha comunicação com Yasmin acabou sendo mais persistente do que a que eu tinha com Santiago. A cada dia sinto que queremos passar mais tempo juntas, só nós duas, estamos apaixonadas e acho que a relação triangular não persistirá por muito tempo, precisamos conversar com Santiago e dizer que decidimos seguir o relacionamento sem ele. Mas, temos receio de magoá-

Quantas vidas cabem em mim? 207

-lo, queremos que ele continue nosso amigo, e a conversa franca segue sendo adiada. Mesmo em tempos de relações abertas as dificuldades existem e exigem cuidado para serem superadas. Espero que minha avó fique bem logo, ela que já sabe de toda esta história, vai conseguir me aconselhar a agir da melhor maneira.

Yasmin pretende mudar-se para Curitiba e queremos viver juntas depois de terminar a faculdade, fazer um intercâmbio na Califórnia para estudar inglês, quem sabe um dia casar, uma de nós engravidar, quem sabe até com a ajuda do Santiago, se ele aceitar ser o doador, claro. Recebo uma mensagem de volta de Yasmin me pedindo para ficar calma, dizendo que tudo vai ficar bem, que Helena é forte e vai se recuperar de qualquer golpe, seja lá qual for.

Me volto para o interior da sala de espera e me surpreendo com esse estranho avô lutando com a máquina de bebidas, me questiono se devo ou não ajudá-lo. Imagino que ele queira transferir para a máquina os sentimentos que se nega a viver, deixo ele lidar com essa transferência por algum tempo, assisto seu desconforto com certo prazer, uma espécie de vingança mesquinha por ele estar sofrendo, nem que seja por uma disputa inglória com uma máquina. Então, me aproximo, faço sinal oferecendo ajuda, a princípio ele faz não com a cabeça, mas a máquina continua sem funcionar, ele se afasta da máquina, me olha, abrindo espaço para que eu entre em cena e resgate a água com gás com facilidade. Desfruto da minha vitória infantil. Ele abre a garrafa, a pressão faz com que a água transborde, as bolhinhas da água salpicam a barba ruiva. Sorrimos desconcertados, uma janela de comunicação parece se abrir, tenho vontade de começar um diálogo. Desisto.

208 *Deise Warken*

Por que será que os médicos estão demorando a dar notícias? Se algo ruim acontecer com ela, jamais perdoarei Antonio.

Mais uma vez me aproximo da janela, observo o espaço de fumantes no pátio do hospital. Sempre gostei de observar a cumplicidade de quem fuma, a fumaça parece aproximar as pessoas de alguma maneira. Quando pedem o fogo emprestado há uma intimidade que dura apenas os segundos necessários para acender o cigarro. São cerca de cinco mil substâncias nocivas em apenas um cigarro, ignoradas pelas pessoas que estão no hospital, desfrutando desse momento de respiro tóxico que traz descanso, alívio na ansiedade da espera por notícias. Olho para as pessoas fumando e lembro das rodas de Pipa que minha avó faz no seu jardim. Sob a condução de Helena o tabaco tem outro propósito, mas de certa forma a cumplicidade das pessoas guarda alguma semelhança.

Fujo de Antonio me perdendo nas nuvens de fumaça dos cigarros alheios, sei que preciso parar de fugir, preciso dizer a ele o que sinto, expulsar essa mágoa do meu peito. Vou até a recepcionista do pronto socorro, pergunto se ela tem notícias da minha avó, se os médicos vão demorar a aparecer, ela diz não saber, pede para eu ter calma e aguardar mais um pouco, me indica a capela do hospital, talvez seja uma forma de aplacar a ansiedade.

Caminho por um longo corredor gelado até encontrar a pequena sala, poucos bancos de madeira, um altar simples coberto com uma toalha branca. Sobre a mesa um castiçal dourado com uma grande vela acesa, parece ser suficiente para amenizar a frieza da situação. No outro lado da mesa, a imagem de uma santa vestida com um

Quantas vidas cabem em mim? 209

manto branco todo bordado em pérolas, chama minha atenção. Me aproximo do altar para ler a inscrição aos pés da imagem, está escrito em letras cursivas, Nossa Senhora do Silêncio. Nunca ouvi falar dessa versão de Nossa Senhora, mas me parece ser perfeita para a capela de um hospital. Quantas dores são acolhidas no silêncio desse lugar? Respiro, longo e profundo, como aprendi com Helena.

Esse silêncio aqui é diferente do de lá. O silêncio tem vozes contraditórias. Por vezes quando estou sozinha em silêncio vejo o mundo se apresentar desmascarado, escancarado, na voz do meu silêncio sinto meu espírito respirar. Ficar em silêncio absoluto de sons e gestos me ajuda a ouvir meu interior, sinto que a mente está presente, mas se aquieta e eu percebo a conexão com minha essência, pureza, verdade, coração.

Uma vez Helena me contou sobre uma aula que teve com Ramesh e ele falava sobre escolhas. O professor disse que a escolha que vem da voz da alma é sutil e silenciosa, acontece a partir de uma postura estável de testemunha, que atua de forma dinâmica, se manifesta na rotina diária dentro da consciência de que sabe o que é melhor para o agora, e que também vai garantir a paz mental duradoura.

Quando estou com Yasmim e compartilhamos o silêncio, sinto paz. Sinto a sabedoria manifesta da vida no silêncio de Helena cuidando do jardim, ou ao presenciar suas práticas regulares de yoga, saudando o sol e fazendo posturas invertidas sobre a cabeça mesmo aos noventa anos. É a faceta bálsamo do silêncio, encontro puro e revitalizado com a alma. Já o silêncio de Antonio é um silêncio que fala, que não é dado a amenidades, é daqueles silêncios arquitetos de planos, *design* de fantasmas, transforma pequenos ruídos em terremotos devastadores. O silêncio que fala é perturbador, grita.

Me aproximo do genuflexório, ajoelho em frente a santa, converso em silêncio com a Nossa Senhora do Silêncio, peço proteção para Helena, para que ela viva com saúde, falo para Santa Maria que as mulheres da família vivem muitos anos, que com minha avó tem que ser igual. Sinto um perfume de rosas no ambiente, acho estranho, abro os olhos e não tem flores na sala, nem ninguém comigo. Volto a fechar os olhos, por alguns instantes meus pensamentos se vão e fico apenas respirando o aroma das rosas, meu coração vai desacelerando, sinto na pele a maciez das pétalas, estou apenas dentro do meu espaço interno, me vejo num imenso campo de rosas coloridas, nesse sonho acordada me vejo criança correndo por entre as rosas, me dou conta de que sou uma delas. O silêncio me invade de forma profunda e o tempo se torna atemporal, só o presente segundo importa, quando volto minha atenção para a capela e tomo consciência de onde estou, decido que é hora de falar com Antonio.

Vou ao encontro dele, caminhando apressada pelo corredor que agora não parece mais tão gelado, o diálogo que eu evitava tornou-se urgente em acontecer. Pergunto antes mesmo de sentar na poltrona à sua frente:

— Você nasceu no Brasil?

— Sim, nasci em São Paulo. Mas, meus pais não são brasileiros. Minha mãe, sua bisavó, Layla, nasceu no Líbano. Meu pai, seu bisavô, Lennon, na Holanda.

Não entendo porque ele faz questão de frisar, "sua" bisavó, "seu" bisavô, como se fosse necessário, como se eu não soubesse quem seriam na minha árvore genealógica.

Quantas vidas cabem em mim? 211

— Eles se conheceram na Inglaterra. Lennon era engenheiro lá há alguns anos e Layla estava numa viagem de férias com a família. Apaixonaram-se, em poucos meses se casaram e fugiram para o Brasil, os pais de Layla foram contra o casamento por questões culturais. Fui concebido em Londres e parido em São Paulo, não conheci meus avós.

Não sei o que comentar sobre essa introdução familiar e fico apenas observando, procuro traços libaneses em suas feições. Não encontro. A tentativa de conversa é interrompida por uma mulher grávida que entra em prantos na sala de espera, seu marido está sendo operado, sofreu um grave acidente de trabalho e corre risco de não sobreviver, ela está inconsolável. Antonio e eu silenciamos diante da dor alheia. A mulher se acalma com a chegada da irmã, elas saem da sala em direção à cantina do hospital. Decido retomar o diálogo com Antonio.

— Eu não conheço Londres. Minha mãe conhece, esteve lá pouco antes de engravidar de mim. Gostaria muito de ir, conhecer o teatro do Shakespeare, sou estudante de teatro, sabia? Claro que não, né?! O que você sabe sobre mim? Nada!

Disparo em verborragia, como num exercício de improviso do teatro, de fluxo de pensamentos, a boca vomita a mente ininterrupta, mantenho o tom de voz baixo para não parecer um escândalo num hospital.

— Faço parte de uma trupe com colegas da faculdade, nos tornamos família, fa-mí-li-a, sabe? Não sei se você sabe o que é família. Então, nós fundamos uma companhia de teatro. Minha primeira apresentação como atriz profissional foi num festival de música e arte incrível, Psicodália, você nem deve saber o que é, estar no palco é minha vida.

Me faz sentir viva em tempo integral, atenta e contente. E você? Te faz sentir vivo estar aqui vendo minha avó hospitalizada por sua culpa? Onde você esteve? Por quê não apareceu durante todos esses anos? E por que resolveu aparecer agora? Como soube de nós, da minha mãe, onde minha avó mora? Por que jogou aquela pedra? Você não acha que já passou da idade de gestos imaturos como esse?

— Rosa, eu entendo suas dúvidas, e não tenho resposta para elas. Pelo menos não agora. Agora não consigo falar sobre isso, só consigo pensar em Helena, se ela vai ficar bem, se ela vai me perdoar.

— Agora? Nem agora nem nunca, né?! Não acha que é um pouco tarde demais? Helena não vai te perdoar porque não vê suas atitudes com mágoa, ela sempre teve uma compreensão inexplicável com a sua ausência, com a sua escolha em ir embora da vida dela. Ela queria te contar da gravidez, mas nem sabia por onde começar a te procurar, escolheu manter você nesse lugar sagrado, como se você tivesse sido abduzido por alienígenas contra sua vontade. Substituiu o sofrer pela sua falta, por usufruir da sua falta, e na não convivência com você manteve essa relação idealizada, inalcançável, impossível. Minha mãe, quando conheceu meu pai, passou a ter meu avô Andres como um pai e preferia não falar de você. Mas, eu?! Eu nunca entendi você não ter voltado depois que o perigo passou.

— Rosa, eu sinto muito. Está bem, vou tentar colocar em palavras esse hiato que se tornou a minha vida. Talvez seja mesmo melhor falar que ficar só pensando em Helena, nessa infinitude da espera. Eu nunca compartilhei esses sentimentos com ninguém, nunca fui bom com as palavras afetivas, com expressar minha emoções, é difícil

Quantas vidas cabem em mim? 213

pra mim. Mas, agora já sou um velho se aproximando do fim da vida, já passou da hora de tentar me comunicar com decência. Achei que morreria jovem, alvejado por algum garimpeiro, madeireiro. Sobrevivi mais do que imaginei. Vamos lá! Quando precisei ser exilado, fui para o Chile. Mas, eu precisava seguir minha missão, e minha missão era na Amazônia brasileira, eu precisava ficar no norte do país. Nos primeiros anos do Chile tudo que fiz foi planejar minha volta para a Amazônia. Claro que eu sempre pensei na sua avó. Não se passou um dia sequer na minha vida em que Helena não estivesse em meus pensamentos. Mas, tem chamados que são mais fortes que o amor romântico, eu precisava entender a origem do povo brasileiro, eu precisava ver o que estava acontecendo com os povos originários, eu precisava denunciar as injustiças, eu precisava. Eu não podia me distrair com o amor, eu não conseguiria fazer o que precisava se continuasse a nutrir meus sentimentos por Helena. Se tivesse optado por uma vida com Helena, precisaria me dedicar ao cultivo desse amor, a uma vida normal, presente. Então, guardei tudo num baú bem nas profundezas da minha alma, mudei de identidade, deixei de ser Antonio para ser anônimo, recomecei uma nova vida. Do Chile fui para Amazônia peruana, depois colombiana e, enfim, para a brasileira. Fiz o que era preciso fazer. Mesmo com o fim da ditadura eu ainda corria riscos, porque estava denunciando o desmatamento da Amazônia, a violência dos seringalistas e madeireiros brancos, o extrativismo predatório, o garimpo ilegal e todos os crimes decorrentes dessa nova invasão aos territórios indígenas. Isso envolve gente muito poderosa, com muito dinheiro. Passei a publicar os textos por uma agência internacional, com minha nova identidade, Abid Vos, me acostumei a essa vida clandestina, errática, anônima. Você diz que Helena criou um lugar sagrado para mim. Eu também criei esse lugar sagrado pra ela, me relacionava com ela nesse lugar, sempre pensando no que vivi com ela e no amor por ela que habita em mim até hoje. Não teve um dia com Helena em que não me senti feliz, nas poucas vezes em que nos encontramos ao longo da vida. Mas a vida sempre me empurrou para longe dela.

— Não foi a vida que te empurrou para longe dela, você que se afastou, sequer deu chances dela escolher ir com você, ela poderia ter ido.

— Rosa, na maioria das vezes a vida se desenrola fora dos nossos planos. O amor faz a gente se esquecer do longo prazo, e no longo prazo a minha vida foi num exílio imprevisível. Por pior que fosse e estivesse, não me imaginava em outro lugar. A floresta, o rio, as distâncias, a chuva grossa e até o calor foram o meu modo de vida. A minha verdade era distante do meu sonho de viver o amor com Helena. É preciso equilibrar a vida entre a verdade e o sonho, e minha vida era no norte. Sempre tive uma tendência a ser pessimista, não pessimista convicto, mas pessimista. Achava que o mundo ia acabar logo e que a ditadura ia dizimar qualquer esperança de vida digna nesse país. Travei minha luta silenciosa no meio da selva e acabei me transformando num cutião.

— Cutião? O que é isso?

— O termo é uma alusão à cutia, um animal com hábitos solitários. Sou um homem solitário. Nunca consegui expressar em palavras o amor que sinto por Helena, apesar de trabalhar com comunicação, minha comunicação

Quantas vidas cabem em mim? 215

pessoal é terrível, não consigo, recebia as cartas que sua avó escrevia com lindas palavras, sincera, tocava profundo meu coração, mas eu não conseguia nomear esse afeto, não conseguia retribuir, não fui recíproco, o amor era muito, sua avó sempre foi abundante, intensa. Eu nunca consegui dizer Eu te Amo pra ninguém. Eu não permiti que Helena coubesse na minha vida, ela era grande demais e eu tinha tão pouco a oferecer. Me fechei, como a selva me tornei impenetrável.

— A história de vocês foi mais de desencontro do que encontro. Também há uma grande diferença entre vocês. Você tornou-se impenetrável e minha avó capilar, espalhou-se como rizoma por onde passou, construiu laços fortes, amizades verdadeiras e duradouras. Se entregou às experiências e à vida com amor e intensidade. Minha avó viveu os saberes ancestrais, viveu as cerimônias dos povos originários com um interesse genuíno em encontrar sua verdadeira identidade, em tornar a vida dela e das pessoas que com ela convivem, mais harmônica, saudável. Você não! Você foi apenas um observador, pesquisador, viveu com distanciamento, para denunciar, contar para as pessoas sobre o que via e não sobre o que sentia. É muito diferente viver as experiências sem se deixar penetrar por elas, sem se envolver e transformar com a verdade de se mergulhar nas experiências.

— Até certo ponto você tem razão, demorei mesmo a me deixar afetar. Sempre me considerei ateu. Somente perto dos meus cinquenta anos é que comecei a me integrar com as medicinas da floresta, especialmente a ayahuasca. No começo era mais algo recreativo, considerava só uma viagem pra fugir da realidade da vida dura que eu levava.

Mas, foi justamente essa medicina poderosa, que o povo Yawanawá chama de Uni, que me contou sobre Sofia.

— Então... Foi numa miração que você descobriu sobre minha mãe? Como foi isso? Por quê resolveu voltar?

— Você sabe o que é miração?

—Sou neta da Helena, esqueceu? Minha avó me fala sobre isso desde que eu nasci. Esses rituais chegaram aqui no sul também. Já participei de cerimônias com ela, tomei a medicina pela primeira vez quando fiz quinze anos. Mas, isso não é sobre mim, é sobre você. Você não me respondeu. Como foi essa miração? Por quê você resolveu procurar minha avó?

— Eu demorei para entender que as imagens que eu via ao tomar o chá não eram só uma viagem. Mas, algumas cenas se repetiam e foram ficando cada vez mais fortes. Eu ficava confuso, mas não conseguia me abrir com ninguém, até que um dia estava numa aldeia do rio Gregório, no território indígena Yawanawá e tive coragem de conversar com o pajé sobre minhas experiências.

— Como eram? O que você via?

— Primeiro eu via muito uma casa de pedra abraçada pelas plantas, era sempre a mesma casa, de ângulos diferentes, mas a mesma casa.

— Minha avó passou a gravidez de Sofia sozinha naquela casa de pedra, plantando flores e árvores para receber minha mãe.

— Teve um dia que começou a aparecer no quintal da casa uma araucária.

— Essa araucária que aparece na sua miração deve ser a árvore que foi plantada por Helena no dia que recebeu o resultado da gravidez.

Quantas vidas cabem em mim? 217

— Quando a araucária começou a aparecer conectei que podia ser algo com Helena, imaginei que ela continuava morando em Curitiba. Decidi consagrar a medicina com mais regularidade, um tempo depois a casa sumiu das mirações e começou a aparecer uma criança ruiva, uma menina de longos cabelos, cacheados como os de Helena, laranja como os meus, corria por um jardim. Quando conheci Helena e tivemos nossa primeira noite de amor, fantasiamos que ela pudesse ter engravidado e que teríamos uma menina ruiva de cabelos enrolados. Essas imagens me deixaram muito inquieto e fui conversar com o pajé, perguntei se as mirações mostravam o que estava dentro da gente, os sonhos adormecidos, esquecidos, ou se poderiam mostrar algo além do inconsciente, algo que estava acontecendo com alguém que tínhamos conexão. O pajé me disse que a medicina tem um poder muito grande e que não há estudos suficientes para explicar as mirações e que, em verdade, qualquer explicação é desnecessária, basta seguir a intuição, que fica muito mais aguçada com o uso da medicina. A decisão das escolhas a serem feitas torna-se mais precisa. Numa cerimônia vi a menina ruiva já adulta e grávida, sentada aos pés da araucária. Foi aí que senti que precisava encontrar com meu passado. Tirar do baú aquele amor guardado por tantos anos e ir em busca de atender ao que a medicina do Uni estava me mostrando.

—Valeu a pena viver uma vida guardando esse amor no imaginário? Você acha que aparecer aqui, do nada, depois de tantas vidas, vai mudar alguma coisa? Apagar sua ausência, suas escolhas?

Antonio não me responde, permanece desconfortável, me olha pedindo piedade. A piedade chega com a mulher gestante que volta da cantina com a irmã e é uma boa desculpa para o silêncio se restabelecer entre nós. Meu coração ainda está dolorido demais, não consigo ter piedade, não consigo entender essa ausência. Diferente de outras ausências, por exemplo, a de Eva. Minha bisavó viveu muitos anos, faleceu quando tinha 103 anos, lúcida. Vó Helena diz que a conexão de Eva com a leitura é que a manteve lúcida até o fim.

Nos seus últimos dias de vida, Eva, que já era viúva pela segunda vez, reuniu toda a família na sua casa, pediu para que além de nós, as famílias de Dino e de meu pai Pedro viessem, também convidou Renato, Enrique, João e Márcio. Ao longo da vida a relação afetiva de Eva com os filhos de João foi se estreitando, tornou-se para eles uma tia amada. Eva queria despedir-se com um grande café da tarde, mesa farta, cheia de bolachinhas pintadas, cucas, chás, a famosa sopa Paraguaia da avó Olga. Eva fazia questão de servir as xícaras, como sempre estar à serviço era seu gesto de amor mais natural. Foi uma linda celebração da vida de Eva, de tudo que ela representa para nossa família e todo o círculo de amizades que conquistou e manteve durante toda sua vida. Dois dias depois do encontro, Eva não acordou pela manhã, dormiu sorrindo. Quando Sofia foi despertá-la pela manhã percebeu que a avó já estava em outro plano.

Me pego pensando em Eva e em todas as mulheres da minha família, que são pura inspiração, cada uma à sua maneira, e dentro do que era possível para cada geração, manifestaram seu feminismo, buscando seus espaços de liberdade e pertencimento, buscando ser quem elas quisessem ser e lutando para que os direitos das mulheres fossem

Quantas vidas cabem em mim? 219

reconhecidos, exercidos, vividos. Eu, Rosa. Filha de Sofia e Pedro. Neta de Helena e Antonio, Olga e Andres. Bisneta de Eva e João, Layla e Lennon, Florencia e Pablo, Clarice e Victor. Tataraneta de Maria e Bento, Maria e Joaquim e outros e outras antepassadas que desconheço.

Quando essa espera por notícias de Helena vai terminar?

Epílogo

— Dona Helena, já não está na hora de contar pra sua neta que está tudo bem com a senhora? A moça está numa aflição lá na sala de espera...

—Só mais um pouquinho, doutora, ela e Antonio precisam conversar. É nessas horas que os desacertos do passado precisam ser alinhados e as dores curadas. Talvez esta seja a única oportunidade deles. É o início de um novo ciclo, e o amor vai encontrar seus caminhos de florescer.

Quantas vidas cabem em mim?

Agradecimentos

Quando tirar um sonho do papel é justamente colocá-lo no papel, quando o desafio é expressar no encontro das palavras a pura manifestação da vida, é impossível fazer isso sozinha. A vida em si é impossível de se manifestar sem o entrelaçamento das relações.

Agradeço ao grande mistério, a toda força abundante e exuberante da natureza, em seu sentido mais amplo, por conectar as estrelas cósmicas e as poeiras telúricas parindo cada acontecimento na minha vida.

Agradeço ao meu pai e à minha mãe, que me deram a vida e fizeram de mim Vida, dando exemplo e orientação para que eu trilhasse minha caminhada com liberdade e consciência.

Agradeço às minhas irmãs e aos meus irmãos, por estarem ao meu lado, ombro a ombro, chegando cada uma e cada um no seu tempo, no seu ritmo e com sua medicina, me dando a oportunidade de crescer e amadurecer em família, aprender com as diferenças, dialogar nos desafios e celebrar a magia da existência.

Agradeço à Nice, Rita e Roseli por me darem a oportunidade de ter irmãos.

Agradeço aos homens a quem amei, aos homens que me amaram. Agradeço ao Fabiano, grande apoiador para a escrita desse romance, sempre me dizendo que eu tinha uma linda história a contar e me presenteando com livros que pudessem servir de inspiração para a minha escrita.

Agradeço ao Tiago que forneceu as ferramentas necessárias para que eu escrevesse esse livro, mentorando a preparação para o romance. Agradeço à Julia e à Mariana que leram os capítulos conforme foram sendo escritos, me ajudando a construir melhor a narrativa.

Agradeço à Mari, incentivadora na vida e na escrita, parceira de aventuras e leitora da primeira versão, que com sua visão amorosa me deu a clareza necessária sobre as rotas da obra que precisavam ser recalculadas.

Agradeço ao Nelson, por ter lido os originais, escrito a carta de leitura crítica e me honrado com a orelha mais linda que esse romance poderia ter.

Agradeço ao Gu, pela amizade preciosa e pelo olhar sensível ao fotografar as imagens usadas na capa e na minibiografia.

Agradeço ao Marcelo por me receber na Reformatório e tornar o processo de publicação uma aventura deliciosa, me dando liberdade para manter ou alterar as sugestões de edição conforme eu sentisse.

Agradeço a cada pessoa que me ouviu contar sobre o sonho de escrever o livro, sobre o projeto de um livro sendo escrito, sobre a iminência de um livro a ser publicado, e me ofereceu palavras de ânimo para que eu seguisse em frente.

Agradeço a cada pessoa que ler a história impressa nesse romance, que carrega um tanto da minha vida e de tanta gente. Assim, agradeço a todas as minhas relações.

A quem agradeço, também dedico essas páginas escritas com tanto afeto e cuidado.

Quantas vidas cabem em mim?

Esta obra foi composta em Sabon LT Std
e impressa em papel pólen 80 g/m² para a
Editora Reformatório, em junho de 2023.